험

C. S. 루이스

허 종 옮김

東 文 選

문학비평에서의 실험

C. S. LEWIS

An Experiment in Criticism

© Cambridge University Press 1961

This edition was published by arrangement
with Cambridge University Press
through Imprima Korea Agency, Seoul

차   례

1

소수와 다수

이 글에서 나는 실험을 해보고자 한다. 문학비평은 전통적으로 책을 판단하는 일에 치중한다. 사람들이 읽는 책에 관해 문학비평이 내리는 판단은, 책 그 자체를 판단함으로써 추론이 가능해진다. 개념 정의상 나쁜 취향은 나쁜 책에 관한 취향이다. 나는 이 과정을 거꾸로 접근함으로써 우리가 어떤 그림을 머릿속에 그려낼 수 있는지 알아보고 싶다. 이런 판단의 토대로서 독자나 독서 유형을 구별하고, 추론으로서 책을 구별하도록 해보자. 그런 다음 이런 방식으로 읽히는 책으로서 좋은 책과 다른 방식으로 읽히는 책으로서 나쁜 책을 규정하는 것이 얼마만큼 설득력이 있는지 살펴보도록 하겠다.

이 작업은 해볼 만한 가치가 있다고 생각하는데, 왜냐하면 기존의 정상적인 절차는 거의 대부분 끊임없이 그릇된 가정을 포함하고 있는 것처럼 보이기 때문이다. 만약 A는 여성 잡지를 좋아하고(혹은 취미가 있다), B는 단테를 좋아한다고 한다면, 이때 **좋아하다**와 **취미가 있다**라는 두 가지 동사는 적용할 때 같은 의미가 된다. 이 동사들이 겨냥하는 대상은 다름에도 불구하고 단일한 행위인 것처럼 보인다. 하지만 관찰을 하다 보면 적어도 대체적으로는 사실이 아니라는 확신이 들게 될 것이다.

학창 시절부터 이미 일부 학생들은 훌륭한 문학에 우선적으로 반응하고 있었다. 그 나머지 대다수는 학교에서 《선장》을 읽었고, 집에서는 순회 문고 차량에서 대출한 수명이 오래 가지 않는 책을 읽었다. 이들 다수는 우리가 '좋아했던' 것과 같은 방식으로 그들의 몫을 '좋아하지' 않았던 것처럼 보였다. 그리고 아직도 그런 것 같다. 그 차이는 금방 눈에 드러난다.

우선 이들 다수는 어떤 책을 두 번 다시 읽는 법이 없다. 비문학적인 사람의 분명한 표시는, 어떤 작품을 다시 읽지 않으려고 단호한 태도로 "그 책 벌써 읽었는데"라고 하는 데서 잘 드러난다. 어떤 소설을 너무 흐릿하게 기억하고 있어서 그 책을 읽었는지 읽지 않았는지 알아내려고 도서관 서가에서 30분 가량 그 소설책을 뒤적이다가, 마침내 읽었다는 확신이 서게 되면 즉각 내던져 버리는 여자들을 우리는 너무나 잘 알고 있다. 그들에게 한 번 읽은 책은 죽은 것이다. 마치 다 타버린 성냥이나 날짜가 지난 기차표나 어제 신문처럼 말이다. 그들은 이미 그 책을 사용해 버렸던 것이다. 반면 명작을 읽는 사람들은 같은 책을 일생 동안 열 번, 스무 번, 서른 번도 넘게 읽을 것이다.

둘째, 비록 그들이 책을 자주 읽는 독자라 하더라도 그들 대다수는 독서를 그다지 중시하지 않는다. 그들은 독서를 최후의 보루로 의지한다. 독서를 대체할 만한 심심풀이가 나타나면 잽싸게 독서를 포기한다. 독서는 기차 여행, 질병, 강제된 고독의 순간이나 혹은 '수면용 독서'라고 부르는 과정을 위해 비축된 것이다. 그들은 때때로 독서를 산만한 대화와 뒤섞는다. 가끔씩은 라디오를 들으면서 책을 읽는다. 하지만 문학적인 사람은 언제나 여가와 고요를 찾아 그 가운데서 책을 읽음으로써 완전히 집중하여 읽는다. 단 며칠만이라도 아무런 방해받지 않고 집중하여 독서하는 것이 불가능할 때, 그들은 마음이 가난해짐을 느낀다.

셋째, 어떤 문학 작품을 처음으로 읽었을 때 문학적인 사람들에게 그것은 종종 너무나 중대한 경험이기 때문에 사랑·종교·사별(死別)과 같은 경험만이 이에 비견될 수 있다. 그들의 의식 전체가 바뀐다. 그들은 이미 과거의 그들이 아니었다. 하지만 이들을 제외한 나머지 사람들에게서 이와 같은 징조는 어디서도 찾아볼 수 없다. 그들은 이야기와 소설을 다 읽었을 때에, 그들에게는 조금은커녕 아무런 변화도 일어나지 않는 것처럼 보인다.

마지막으로 각기 다른 방식으로 독서한 자연스런 결과로, 소수에게는 지속적으로, 그리고 두드러지게 독서 효과가 그들 마음속에 남아 있다면 다수에게는 그렇지 못하다. 이들 소수는 좋아하는 시행과 연을 혼자 있을 때 중얼거린다. 책에서 읽은 장면과 등장 인물은 그들에게 일종의 이미지들을 제공해 주며, 이런 이미지로 그들은 자기 자신의 경험을 해석하고 요약한다. 그들은 종종 책에 관해 서로 이야기를 길게 나눈다. 나머지 다수는 읽은 것에 관해 생각해 보거나 이야기를 나누는 적이 거의 없다.

그들이 차분하게 자신의 의사를 충분히 개진할 수 있었더라면, 그들 다수는 우리더러 잘못된 책을 좋아한다는 이유로 비난했었던 것이 아니라, 어떤 책이든 막론하고 요란스럽게 군다는 이유로 우리를 비난했었을 것임이 매우 분명해졌다. 그들 다수에게는 별 볼일 없는 것을 가지고 우리가 우리 인생의 안녕에 중대한 요소인 것처럼 요란을 떤다는 것이다. 그러니 그들 다수가 좋아하는 것과 우리가 좋아하는 것이 다르다고 간단하게 말해 버리는 것은, 전체 문제를 해결하지 않고 고스란히 남겨두는 것과 다를 바 없다. **좋아한다**가 그들 다수가 책을 대하는 태도에 올바른 단어라고 한다면, 책을 대하는 우리의 태도를 표현하기 위해서는 다른 단어를 찾아야만 한다. 혹은 이와는 반대로 우리가 읽는 종류의 책을 우리가 **좋아한다면**, 우리는 어떤 책이나 그저 **좋아한다**고 말하지 말아야 한다. 소수가 '훌륭한 취향'을 가지고 있다면, '나쁜 취향' 같은 것은 존재하지 않는다고 말해야만 할지 모른다. 취향이라는 단어를 한 가지 뜻으로만 사용한다면, 다수가 그들 나름의 독서 형태를 보여 주는 경향이 취향과 동일한 것이 아니며, 그것을 취향이라고 부를 수도 없을 터이기 때문이다.

여기서 나는 거의 전적으로 문학에만 관심을 한정하겠지만, 그와 동일한 태도의 차이가 자연의 아름다움과 다른 예술에 관해서도 마찬가지로 드러난다. 많은 사람들은 대중 음악의 곡조를 흥얼거리고, 발장단으로 박자를 맞추고, 이야기를 하거나 음식을 먹으면서 동시에 즐긴다. 하지만 대중적인 곡조가 일단 사라지고 나면 그들은 더 이상 그 음악을 즐기지 않는다. 바흐를 즐기는 사람은 대단히 다른 방식으로 반응한다. 어떤 사람은 '그림이 없으면 벽이 너무 삭막해 보여서' 그림을 산다. 하지만 일주일만 그 그림이 벽에 걸려 있으면, 사실상 그것은 그 집 안에서 보이지 않게 된다. 하지만 소수의 사람은 몇 년 동안 그 위대한 그림을 먹고 산다. 자연에 관해서도 다수는 "누구나 마찬가지로 멋진 경치를 좋아한다." 그들은 그 경치에 관해 거슬리는 말은 한 마디도 하지 않는다. 하지만 휴일을 위해 그 장소를 선택하는 데 있어 그 풍경을 정말 중요한 요소가 되게 만들려면——그 풍경을 호화스러운 호텔, 훌륭한 골프 링크, 화창한 날씨와 같이 진지하게 고려해 보는 요소가 되도록 하려면——그런 풍경에 애정을 가져야 할 것이다. 그런 풍경에 관해 워즈워스처럼 계속 말하는 것은 허풍일 것이다.

2

그릇된 성격 묘사

한 유형의 독자가 다수이고 그 나머지 유형의 독자는 소수인데도 이 두 가지 유형의 독자가 숫자상으로 구분되지 않는다면 논리적으로는 '사고(事故)'에 해당한다. 우리가 해야 할 일은 독서에 관한 다른 방식을 다루는 것이다. 통상적인 관찰의 결과로 이미 개괄적이고도 신속한 묘사를 했지만, 그래도 우리는 좀더 깊이 고찰할 필요가 있다. 첫 단계는 이 '소수'와 이 '다수'에 관해 너무 성급하게 식별하는 것을 배제하는 작업이다.

일부 비평가들은 문학적인 다수가 모든 측면에서 다수에 속하는, 다시 말해 오합지졸에 속하는 것처럼 묘사한다. 이런 비평가들은 이들 문학적인 다수를 문맹, 야만, '조잡하고' '천박하며' '상투적인' 반응밖에 모른다고 비난한다. 이런 상투적인 반응은 이들 다수를 인생의 모든 문제에서 아둔하고 무감각하게 만들 것임에 틀림없으며, 이들이야말로 영원히 문명에 암적인 존재라고 비판한다. 이것은 마치 '통속적인' 소설을 읽으면 윤리적으로 타락한 것이라는 소리처럼 들린다. 하지만 이런 비난은 경험에서 우러나온 것이 아니다. 나는 이들 '다수'가 정신적인 건강이나 윤리적인 덕목, 현실적인 신중함, 훌륭한 예의 범절과 전반적인 적응 능력의 면에서 문학적 소수와 대등하거나, 아니면 그들보다 우월한 사람을 포함하고 있다고 생각해 왔다. 우리 모두

가 너무나 잘 알다시피 문학인들 중에는 적잖은 사람들이 무지하고, 치사하며, 왜소하고, 뒤틀려 있고, 잔인하다. 이 점을 무시하고 성급하게 도매금으로 **차별 정책**을 펴는 사람과 우리는 아무런 관계가 없어야만 하겠다.

그밖에 다른 아무런 하자가 없다 하더라도 이런 차별은 여전히 너무 지나치게 도식적일 수 있다. 두 종류의 독자는 요지부동의 장벽에 의해 나누어져 있는 것이 아니다. 한때 다수에 속했던 개인이 소수로 전향하여 소수에 합세하기도 한다. 옛날 동창을 만났을 때 발견하게 되는 서글픈 사실처럼, 어떤 사람들은 소수를 버리고 다수에게로 옮겨 간다. 한 예술 분야에서는 '대중적인' 차원에 있는 그런 사람도 다른 예술 분야에서는 깊은 조예를 가질 수 있다. 예를 들어 통탄할 만한 시적 선호도를 가진 음악가도 종종 있을 수 있다. 모든 예술에 대한 반응이 보잘것없는 그런 사람도 대단한 지능과 학식·예민함을 갖추고 있을 수 있다.

후자의 현상에 우리는 그다지 놀라지 않는다. 왜냐하면 그들의 학식은 우리와는 다른 유형의 학식이며, 철학자나 물리학자의 예민함은 문학하는 사람의 예민함과는 다르기 때문이다. 이보다 우리를 놀랍고 불편하게 하는 것은 **직권상** 문학에 관해 심오하고 영속적인 안목을 갖추고 있겠거니 하고 생각했던 그런 사람들이 실제로 전혀 그렇지 못할 때이다. 그들은 그저 전문가일 따름이다. 그들도 아마 한때는 충실하게 반응했을 터였지만, '단단하고 높은 길에 탕, 탕, 탕 망치질을 하다 보니' 그런 반응은 이미 그들을 떠나 버렸다. 나는 외국의 대학에 있는 불행한 학자들을 생각해 본다. 그들은 문학 작품에 관해 무언가 새로워야 하고, 혹은 새로운 것처럼 보이는 논문들을 끊임없이 출판하지 않으면 '직장을 유지할 수 없는' 그런 대학의 학자들이다. 혹은 '대학 입시'를 준비하는 학생처럼 가능한 한 신속하게 이 소설에서 저 소설로 연달아 읽어치우는 과로한 문학평론가를 염두에 두고 하는 말이다. 그런 사람들에게 독서는 종종 단순 노동이 된다. 그들 앞에 놓인 텍스트는 그 자체로 존재하는 것이 아니라 단지 원자재로 존재한다. 그들에게 이 원자재는 이야기의 벽돌을 완성시키는 재료일 따름이다. 따라서 우리는 그들이 휴가 시간에 설혹 독서를 한다 하더라도 다수가 독서하는 것과 마찬가지라는 것을 종종 알게 된다. 시험관 회의를 마치고 나오면서 나는 요령 없이 여러 명의 후보자들이 대답을 썼던 위대한 시인을 언급했다가 마주친 속물을 잘 기억하고 있다. 그의 태도는 아마도(뭐라고 했는지 구체적인 말은 잊어버렸다) "이런 젠장, **초과 근무**를 계속하고 싶은 거요? 부엉이 우는 소리 못 들었어요?"라는 식으로 표현했던 것 같다. 이러한 조건을 경제적인 필요성과 초과 근무로 환원시키는 그런 사람들에게 나는 아무런 동정심도 느끼지 못한다. 불행하게도 야심과 투쟁 심리가 그런 태도를 산출할 수도 있다. 그런 태도가 어떻게 나온 것이든지간에 그것은 감상을 망친다. 우리가 추구하는 '소수'는 **감식가**와 동일시될 수 없다. 이들 소수 사이에서는 **요란스런 장난도 고리타분하고, 딱딱한 학자도** 반드시 필요한 것만은 아니다.

지위를 추구하는 자는 더 말할 것도 없이 이런 소수에 속하지 못한다. 사냥이나 카운티 크리켓, 혹은 육군 현역 장교 명부에 거의 언제나 관심을 발휘해야 할 사교적인 필요성을 요구하는 가족과 서클이 과거에도 있었고 현재도 있는 것처럼 인정받은 문학, 그 중에서도 특히 새롭고 놀라운 작품과, 금서가 되었거나 이런저런 주제 면에서 논쟁거리가 되는 책에 관해 한 마디 하지 않고 버티기가 힘들기 때문에 그런 책들을 읽지 않을 수 없도록 만드는 가족과 서클도 있다. 이런 종류의 독자, 즉 '약간 속물적인' 독자들은 한편으로 볼 때 '대단히 속물적인' 독자와 거의 흡사하게 행동한다. 그들은 완전히 유행에 의해 지배된다. 그들은 조지아 시대의 작가들을 내팽개치고 T. S. 엘리엇을 숭배한다. 그들은 정확히 때맞춰 밀턴의 '퇴출'을 인정하고, 홉킨스를 발견한다. 그들은 헌사가 **누구를 위하여**가 아니라 **누구에게**라고 시작한다면 당신 책을 좋아하지 않을 것이다. 하지만 이런 일이 아래층에서 벌어지고 있는 동안 그런 가정에서 유일하게 진짜 문학적인 경험은 후미진 뒷방 침실에서 일어날지도 모른다. 그 방에서 꼬마 소년이 전등불에 의존하여 《보물섬》을 침대보 아래 감춰두었다가 꺼내서 읽고 있는지 모른다.

문화 신봉자는 한 인간으로서 지위 추구자보다 훨씬 가치 있는 사람이다. 그런 사람은 모든 미술관과 음악회를 방문하면서도 책을 읽는데, 자신이 받아들여질 수 있도록 하기 위해서가 아니라 자신을 향상시키고 자기 잠재력을 개발하고 보다 완벽한 인물이 되기 위해 그렇게 한다. 그런 사람은 진지하고 겸손할 수 있다. 충실하게 유행을 좇아 바쁘게 종종거리는 것과는 달리 모든 시대, 모든 나라를 망라하여 너무 지나치게 이미 '일정한 반열에 오른 저자'에게만 매달리는 경향이 있으며, '세상 사람들이 최고로 손꼽았고 그렇게 평가된' 저자에게만 매달린다. 그런 사람은 실험 정신이라고는 거의 없으며, 선호하는 것도 거의 없다. 내가 중시하는 관점에서 볼 때 이 가치 있는 사람은 전혀 문학애호가가 아니다. 그 사람은 매일 아침 아령을 갖고 운동을 하는 사람이 게임애호가가 아닌 것이나 마찬가지로 문학애호가와는 거리감이 있다. 게임을 하는 것은 인간의 신체를 완벽하게 하는 데 통상적으로 기여할 것이다. 하지만 완벽한 몸을 만드는 것이 게임을 하는 유일하거나 주된 이유라면, 게임은 더 이상 게임이 아니라 '운동'이 된다.

의심할 여지없이 게임에 취미가 있는 사람은(과식도 마찬가지이지만) 게임에 대한 취미에 전반적으로 우선권을 부여하도록 규칙을 세운다 하더라도 의학적인 동기에 보다 더 적합하게 행동할 것이다. 이와 마찬가지로 훌륭한 문학과 허섭스레기로 그저 시간 죽이기에 취미를 갖고 있는 사람은 문화적인 근거로, 원칙상 합리적으로 전자에 우선적인 비중을 둘 것이다. 하지만 이 두 가지 경우에 우리는 진정한 취향을 전제하고 있다. 전자는 훌륭한 점심 식사보다는 축구를 선택한다. 왜냐하면 점심뿐만 아니라 게임이 그가 즐기는 것 중의 하나이기 때문이다. 후자는 버로스 대신에 라신 편이 된다. 왜냐하면 《타잔》과 마찬가지로 《앙드로마크》가 그 사람에게는 정말로 재미있기 때문이다. 하지만 건강에 좋다는 이유만으로 특정 게임에 매달리거나, 혹은 자기를 향상시키려는 욕망만으로 비극에 이끌리는 것은 경기를 하는 것도, 그렇다고 비극을 수용하는 것도 아니다. 이 두 가지 태도 모두 궁극적인 의도는 자기 자신에게 집중하는 것이다. 이 두 가지 태도는 경기를 하든 책을 읽든간에 그 자체로 받아들여야 할 것을 수단으로 취급해 버린다. '양호함'에 관한 것이 아니라 목표에 관해 생각해야 한다. 여러분의 마음이 그와 같은 영혼의 체스에서 흡수——그렇게 흡수된다면 문화와 같이 삭막한 추상화를 위한 시간이 언제 있을까?——되어야 한다. 이 영혼의 체스에서

'열정은 알렉산더격 시행'으로 절묘하게 새겨진 체스의 말이며, 인간은 체스판의 사각형이다.

이처럼 힘들이고 공들여서 잘못 읽는 일들이 특히 우리 시대에 널리 퍼져 있다. 학교와 대학교에서 영국 문학을 '교과목'으로 만든 뒤의 서글픈 결과는, 어린 나이에 위대한 작가를 읽는다는 것이 양심적이고 순종적인 젊은이들에게 기특하다는 인상을 남긴 점이다. 이 문제의 젊은이가 불가지론자인데, 만약 그의 조상들은 청교도였다면 이것은 자못 유감스러운 정신 상태를 초래하게 된다. 청교도의 신학은 사라지고 청교도의 양심만이 작동하기 때문이다. 이것은 즉 아무것도 갈지 못하는 연자매처럼, 텅 빈 위에다 소화액을 내뿜어서 위궤양을 만드는 것과 같다. 이 불행한 젊은이는 지나친 신중함, 엄격함, 자기 검증, 쾌락의 불신 등을 문학에 그대로 적용한다. 이러한 원칙들은 그의 선조들이 영적인 삶에 적용했던 바로 그것이다. 여기에다 조만간 그 모든 편협함과 독선까지 첨가하게 될 것이다. 시를 제대로 읽으면 틀림없이 치료적인 가치를 가진다는 I. A. 리처즈 박사의 원칙을 그 젊은이는 이런 태도로 인해 확신한다. 뮤즈의 여신이 에우메니데스의 역할을 떠맡는다. 한 젊은 여성은 대단히 회개하는 심정으로 내 친구에게 고백했다. 여성 잡지를 읽고 싶다는 부정한 욕망이 그녀의 머릿속에서 떠나지 않는 '유혹'이라고 참회했다는 것이다.

이런 문학적인 청교도들의 존재로 인해 나는 '진지하다'라는 단어를 가장 합당한 독자와 독서 형태에 사용하는 것을 포기했다. 얼핏 보면 이 단어는 우리가 원하는 바로 그 단어처럼 보인다. 하지만 이것은 극도로 애매한 단어이다. 한편으로 이 단어는

'엄숙한' 혹은 '경건한'과 같은 뜻을 지니면서 다른 한편으로 '철저한, 마음으로부터 우러나는'의 뜻이 있다. 따라서 우리가 스미스는 "진지한 사람이다"라고 말한다 생각해 보자. 그럴 경우 진지하다는 것은 유쾌한 것의 반대말이 된다. 윌슨은 "진지한 학생이다"라고 할 때, 이 진지함은 그가 열심히 공부한다는 의미이다. 진지한 학생과는 거리가 먼 진지한 사람은 도락가이자 **아마추어 애호가**이다. 진지한 학생은 메르쿠티오처럼 장난스러울 수 있다. 한편에서는 진지하게 행한 것이 다른 한편에서는 결코 진지하지 않을 수 있다. 자기 건강을 위해 축구를 하는 사람은 진지한 사람이다. 하지만 진짜 축구 선수는 그를 진지한 선수로 부르지 않을 것이다. 그는 경기에 관해 전력을 다하지 않는다. 경기는 그다지 개의치 않는다. 한 인간으로서의 진지함이 운동 선수로서는 경솔한 것에 속할 수 있다. 그는 오로지 '경기하는 것을 경기할 뿐이며, 경기하는 척할 뿐이다. 하지만 바로 그러한 이유로 그런 사람은 모든 작품을 도무지 엄숙하고 경건하게 읽을 수 없다. 왜냐하면 그런 사람은 '저자가 썼던 정신과 똑같이' 책을 읽기 때문이다. 저자가 가볍게 취급한 것은 그 역시 가볍게 취급할 것이다. 엄숙한 것은 엄숙하게 취급할 것이다. 그런 사람은 초서의 《파블리오》[초서의 《캔터베리 이야기》 중간중간 재미있는 우스개 이야기]를 읽으면서 '라블레의 안락한 의자에 앉아 웃으면서 흔들 것'이며, 《루크리스의 겁탈》에 대해서는 절묘히 경박스럽게 반응할 것이다. 그는 하찮은 것은 하찮은 대로 즐길 것이며, 비극은 비극으로 즐길 것이다. 그런 사람은 거품을 낸 크림을 마치 사슴고기인 양 꼭꼭 씹어먹어 보려는 잘못을 결코 저지르지 않을 것이다.

바로 이 지점에서 문학적인 청교도들은 안타깝게도 어김없이 실패한다. 그들은 진지하게 수용적인 독자가 되기에는 한 인간으로서 너무 지나치게 진지하다. 나는 제인 오스틴에 관한 학부생의 리포트 발표를 주의 깊게 들었다. 내가 이 리포트를 읽지 않았더라면 오스틴의 소설에서 코미디의 흔적을 전혀 찾아내지 못했을 것이다. 강의가 끝난 뒤 나는 밀 레인에서 마그달레나까지 한 젊은이와 동행을 하게 되었는데, 이 젊은이는 《물방앗간 주인의 이야기》가 사람들을 웃길 의도로 씌어졌다는 내 해석에 기분이 상했으며, 통속적이고 불손한 해석이라는 이유로 진정한 고뇌와 공포에 사로잡혀 항의했다. 나는 또한 《십이야》가 개인이 사회와 맺는 관계에 관한 통찰력 있는 연구라고 주장하는 학생의 이야기도 들었다. 우리는 너무나 맹목적으로 경건한 한무리의 젊은이들을 키워내고 있다. ('이성으로부터 나온 미소가 흐른다.') 이 젊은이들은 백포도주 파티에서 모든 찬사는 사랑의 고백쯤으로, 모든 농담은 모욕으로 간주하는 19세 된 스코틀랜드 목사의 아들처럼 경건하다. 경건한 사람이 곧 진지한 독자는 아니다. 그들은 아무런 편견 없이 솔직담백하게 자신이 읽은 책에 마음을 열지 않는다.

이 모든 시도가 다 실패한 지금, 그렇다면 이제 문학적인 '소수'는 **성숙한** 독자라고 규정할 수 있을까? 성숙하다는 형용사가 상당히 진실에 가까운 것임에 분명할 것이다. 탁월한 책을 알아보는 반응은 다른 탁월한 것을 알아보는 것과 마찬가지로 경험과 훈련 없이는 불가능하다. 따라서 이런 능력은 그런 젊은이들로서는 가질 수 없는 능력이다. 하지만 또 다른 진실이 여전히 간과되고 있다. 대체적인 심리로 볼 때, 모든 사람들이 처음에는

'다수'가 문학을 대하는 것처럼 자연스럽게 시작하다가, 이들 모두가 성숙해져서 소수처럼 독서하는 법을 배울 수 있을 것으로 가정한다면, 그것은 잘못된 생각이라고 본다. 두 종류의 독자는 요람에서부터 이미 징조가 드러나기 때문이다. 읽는 법을 깨우치기 전부터 문학은 그들에게 독서로서가 아니라 듣는 이야기로서 전달되기 때문에 이들은 책에 대해 다른 반응을 보이지 않을까? 스스로 글을 읽게 되는 순간부터 이들 두 집단은 이미 나누어지는 게 분명하다. 더 이상 할 일이 없을 때라야 비로소 책을 들어 '무슨 일이 일어났는지'를 게걸스럽게 알아낸 다음 두 번 다시 읽지 않는 그런 사람이 있다. 그 나머지 다른 집단은 대단한 감동을 받으면서 읽고 또 읽는다.

두 종류의 독자를 구분하는 데 필요한 특징을 알아내려는 모든 시도가 어느 정도 성급한 것이라는 점을 지적했다. 나는 이들이 그런 상태에서 벗어나는 것을 언급해 왔다. 우리 스스로 이와 관련된 태도 속으로 들어가도록 노력해야만 한다. 우리 대부분에게 이것이 가능해야 한다. 왜냐하면 우리들 대부분은 예술과 관련하여 이 집단에 속했다가 저 집단으로 이동하기 때문이다. 우리는 관찰을 통해서뿐만 아니라 우리 안에서 '다수'의 경험을 한 적이 있다.

3

소수와 다수가 그림과 음악을
어떻게 이용하는가?

나는 볼 만한 그림이 없었던 곳에서 자랐다. 그래서 어린 시절 도안사와 화가의 예술과 최초로 친숙해졌던 것은 순전히 책에 그려진 삽화를 통해서였다. 베아트릭스 포터의 《이야기》에 그려진 삽화들을 보는 것이 어린 시절의 기쁨이었다. 아서 래컴의 《반지》는 학창 시절의 기쁨이었다. 나는 이 모든 책들을 아직 가지고 있다. 이제 그 책 페이지를 넘기면서 "이렇게 보잘것없는 것을 어떻게 좋아할 수 있었을까"라고 나는 결코 말하지 않는다. 놀라운 것은 그곳에 모아 놓은 작품의 충위가 너무 다양하고, 내가 그런 작품의 장단점을 전혀 구별하지 않았다는 점이다. 베아트릭스 포터의 접시에 비친 내 얼굴을 이제 응시해 본다. 그의 그림은 위트가 있고, 색채 또한 순수하다. 반면 다른 그림은 추한데다 균형도 엉망이고, 심지어 제 마음대로인 것도 있다. (고전 경제와 그녀의 글쓰기 결말이 훨씬 더 균질적으로 유지되고 있다.) 래컴에게서 나는 이제 경탄할 만한 하늘과 나무와 그로테스크한 것을 보지만, 반면 인간의 형상은 종종 인형처럼 보인다. 어떻게 내가 이 점을 놓칠 수 있었을까? 나는 이 질문에 대답할 정도로 정확하게 기억하고 있다.

나는 베아트릭스 포터의 삽화를 의인화된 동물이란 생각에 매료되었던 바로 그 시절에 좋아했다. 아마도 대부분의 어린아이들보다 훨씬 더 의인화된 동물에 매혹되었던 모양이었다. 그리고 나는 북구 신화가 내 인생의 지대한 관심사가 되었던 무렵에 래컴을 좋아했다. 이 두 예술가의 그림이 호소력을 지녔던 까닭은 그것이 재현하고 있는 것 때문이었음은 확실했다. 그 그림들은 대체물이었다. (그 나이에) 내가 의인화된 동물이나(혹은 다른 것) 발키리에를 실제로 볼 수 있었더라면 그것을 훨씬 더 좋아했을 터임에 분명했다. 이와 마찬가지로 실제로 내가 그런 시골길을 걸어 보았으면 하고 원했던 그런 시골을 어떤 풍경화가 재현했다면, 바로 그 이유 때문에 그 풍경화를 좋아했다. 조금 나중에는 현실에 존재한다면 나를 매료시켰을 법한 그런 여성을 재현했다면, 오직 그 이유 때문에 나는 그런 여성을 그린 그림을 좋아했다.

이제 내가 파악하고 있다시피 그 결과로 나는 바로 내 앞에 실제로 놓여 있는 것을 제대로 주의해 보지 못했다. 그 그림이 무엇에 '관한' 것인지가 절실한 문제였지, 그 그림 자체가 무엇이었는지는 전혀 중요하지 않았다. 그림 자체는 거의 하나의 상형문자처럼 기능했다. 그림이 그려 놓은 것 위에 나의 감정과 상상력이 일단 작동되었다면 내가 원하는 것은 그것으로 충족되었다. 그림 자체를 오랫동안 주의해서 들여다보는 것은 그다지 필요하지 않았다. 그런 행위는 오히려 주관적인 행위를 방해할 수조차 있었다.

모든 증거가 말해 주다시피 그림에 관한 나 자신의 경험은 '다수'가 남아 있는 수준과 거의 흡사했다.

대단히 인기를 모았던 거의 모든 그림들은 대부분 복사판이었는데, 이런저런 측면에서 그런 그림에 경탄을 보내는 사람들에게 실제로 즐거움이나 위안을 주며, 혹은 감동시키거나 자극을 주었을 터였다──〈계곡의 군주〉〈늙은 목자의 극도의 슬픔〉〈물거품〉 등. 사냥하는 장면과 전쟁, 죽음의 침상, 디너 파티, 어린이들, 개, 고양이, 새끼고양이, (우아하게 주름잡힌 스커트를 걸친) 감상을 불러일으키는 우수에 찬 젊은 여인, 식욕을 불러일으키는 (덜 우아한) 쾌활한 젊은 여인들이 이에 속한다.

그림을 사는 사람들이 그 그림에 던지는 찬사는 거의 매한가지이다. "내가 여지껏 본 것 중에서 가장 사랑스러운 얼굴이군." 혹은 "자, 봐. 테이블 위에 노인의 성경책이 놓여 있구먼." "그들 모두가 듣고 있는 걸 당신도 볼 수 있어." "어쩜 이렇게 아름다운 집이 있을까!" 등이다. 여기서 강조된 것은 그림이 전하는 이야기의 자질이라고 할 만한 것이다. 그림의 선이나 색채(그 자체) 혹은 구성은 거의 언급되지 않는다. 예술가의 기교는 가끔씩 언급된다. ("포도주잔 위에 비친 촛불의 효과를 그려낸 방법 좀 봐.") 하지만 찬탄의 대상은 리얼리즘이다──심지어 **착시 효과**라고 부를 만한 그런 리얼한 효과에 존경을 바친다──그런 효과를 거두기 위해 실제로, 혹은 상상해 보건대 얼마나 힘들었을까라는 점에 찬탄을 보낸다.

하지만 이 모든 논평과 그림에 보낸 그의 관심은 일단 그 그림을 사고 난 뒤 얼마 못 가 끝난다. 조만간 그림은 소유주를 위해 죽는다. 이에 상응하는 독자 집단이 일단 한 번 읽은 소설을 대하는 것과 이 그림은 비슷한 신세가 된다.

그림을 대할 때 이런 태도를 견지하면서도──혹은 다소 성급하고 무의식적으로 그림에 있는 요소만을 선택하면서도──여러분은 여러분 나름의 상상력 있고 정서적인 행위를 위한 자동 시발점으로 그 그림을 대한다. 달리 표현하자면, 여러분은 "그 그림으로 뭔가 한다." 이런 태도는 사물의 참모습을 있는 그대로 총체적으로 이해함으로써 그것이 여러분에게 해줄 수 있는 것에 마음을 열어두는 것이 아니다.

따라서 여러분은 두 가지 다른 종류의 재현 대상에 정확히 해당할 수 있는 대접을 그림에 제공하는 셈이다. 말하자면 아이콘과 장난감이 바로 그 두 가지 재현 대상이다. (나는 여기서 **아이콘**이란 단어를 그리스정교가 의미하는 것처럼 엄격한 의미로 사용하고 있는 것은 아니다. 그 아이콘이 이차원이든 삼차원이든지간에 신앙에 도움을 줄 목적으로 사용된 재현 대상이면 그것으로 충분하다.)

특별한 장난감이나 아이콘은 그 자체가 예술 작품일 수 있지만 논리적으로는 부차적인 것이다. 왜냐하면 이런 장난감이나 아이콘의 예술적인 장점이 그것을 보다 훌륭한 아이콘이나 장난감으로 만들어 주는 것은 아니기 때문이다. 예술적인 장점들이 오히려 부족한 아이콘이나 장난감을 만들어 낼 수 있다. 왜냐하면 그런 장난감과 아이콘의 목적은 그 자체에 관심을 고정시키는 데 있는 것이 아니라, 어린아이나 혹은 숭배자들에게서 특정한 행위를 자극하고 자유롭게 방출하는 데 있기 때문이다. 테디 베어는 어린아이들에게 상상의 삶과 개성을 부여토록 해주기 위해, 그리고 어린아이들이 그와 사회 생활과 흡사한 관계를 맺도록 해주기 위해 존재한다. "테디 베어와 더불어 논다"는 말이 의미하는 바가 그것이다. 함께 노는 행동이 보다 성공적이 되려면, 대상의 실제적인 외모는 문제가 되지 않을 것이다. 테디 베어의 변하지 않고 표정 없는 얼굴에 지나치게 오랜 시간 동안, 그리고 지나칠 정도로 친밀하게 관심을 집중시키다 보면 놀이를 망치게 된다. 십자가는 수난에 대한 숭배자들의 생각과 명상을 유도하기 위해 존재한다. 십자가 그 자체에 지나치게 눈길을 주게 되는 그런 탁월함과 정교함·독창성을 가지지 않는 것이 낫다. 이러한 목적으로 인해 독실한 신자들은 가장 조잡하고 가장 텅 빈 아이콘을 더 좋아할 수 있다. 의미가 텅 빈 것일수록 보다 스며들기 쉽다. 말하자면 그들은 물질적인 이미지를 통과하여 그것을 초월코자 한다. 이와 동일한 이유로 어린아이들의 사랑을 받는 장난감이 가장 값비싼 것도 아니고, 실물 그대로의 것도 아닌 경우가 종종 있다.

이것이 다수가 그림을 이용하는 방법이라면, 우리는 그들의 용도가 언제나 반드시 조잡하고 시시한 것이라는 오만한 생각을 즉시 거부해야 한다. 그럴 수도 있고, 아닐 수도 있기 때문이다. 그림이 이런 경우에 해당하도록 만드는 주관적인 행위는 모든 차원에서 존재할 수 있다. 그런 구경꾼에게 틴토레토의 〈세 여신〉은 음란한 상상력을 그저 도와 줄 수도 있다. 그는 틴토레토의 그림을 포르노그래피로 이용해 왔기 때문이다. 또 다른 사람들에게 그의 그림은 그 자체가 가치 있는 그리스 신화를 명상하는 출발점이 될 수도 있다. 또 다른 의미에서 그의 그림은 그림 그 자체만큼이나 훌륭한 어떤 것을 상당히 인식하도록 유도할 수도 있다. 이것이 바로 키츠가 그리스 항아리를 보았을 때 일어났던 것일 수 있다. 그렇다면 키츠가 그리스 항아리를 이용한 방식은 감탄할 만하다. 키츠의 방식은 그 나름대로 존중할 만하지만 도자기 예술을 감상하는 안목으로서는 감탄할 만한 것이 못된다. 이와 상응하는 그림의 용도는 극도로 다양하며, 그것에 관해서는 할 말도 많을 것이다. 이 모든 해석에 관해 아무런 예외 없이 우리가 확신할 수 있는 것이 단 한 가지가 있다. 이 모든 것이 그림 감상에 핵심은 아니라는 점이 바로 그것이다.

진정한 감상은 그와는 정반대의 과정을 요구한다. 그림 위에다 우리 자신의 주관을 느슨하게 풀어 놓지 말아야 하며, 그림을 그런 주관적인 도구로 만들어서는 안 된다. 우리는 가능한 한 철저하게 우리 자신의 관심사, 연상, 선입견을 한옆으로 밀쳐 놓아야 한다. 우리는 우리 자신의 공간을 비워둠으로써 보티첼리의 〈마르스와 비너스〉에게 공간을 남겨두거나, 치마부에의 〈십자가에 못박힌 예수〉에 여유를 남겨두어야 한다. 이런 부정적인 노력 이후에 긍정적인 노력이 뒤따라야 한다. 우리는 우리 눈을 이용해야 한다. 우리는 그곳에 있는 것을 있는 그대로 정확히 바라볼 수 있을 때까지 보고 또 보아야 한다. 그림을 가지고 우리가 무엇을 하기 위해서가 아니라, 그림이 우리에게 무언가를 행할 수 있도록 그림 앞에 앉아야 한다. 어떤 예술 작품이 우리에게 영향을 미치도록 하기 위해서 제일 먼저 요구되는 것은 복종이다. 보라, 들어라, 그리고 받아들여라. 너 자신이 방해물이 되지 말아라. (완전히 복종한 뒤 아무것도 찾아낼 것이 없다는 것을 깨닫기 전에, 여러분 앞에 놓여 있는 작품이 복종할 만한 가치가 있는지부터 미리 따져 보는 것은 아무런 소용이 없다.)

한옆으로 밀쳐 놓아야 하는 것은 〈마르스와 비너스〉에 관한 우리 자신의 '생각'일 뿐이다. 그런 다음 생각이라는 단어 그 자체가 뜻하는 그대로 오직 보티첼리의 '생각'에 공간을 내어 주게 될 것이다. 우리는 보티첼리가 시인과 공유하고 있는 창조물 속에서 묘사한 요소들만을 수용하게 될 것이다. 결국 보티첼리는 화가이지 시인은 아니기 때문에 이것은 부적절하다. 우리가 수용해야 할 것은 보티첼리가 창조한 특수한 회화적인 창조물이다. 이로 인해 무정형의 덩어리, 색채, 선으로부터 전체 화폭의 복합적인 조화를 만들어 내게 된다.

다수가 예술을 **이용한다**면 소수는 예술을 **수용한다**고 말하는 것보다 다수와 소수를 더 잘 구별할 수 있는 것은 없다. 이 점에서 다수는 우리가 귀 기울여야 할 때 말을 하고, 우리가 받아야할 때 주려는 사람처럼 행동한다. 이 말은 올바른 관객이 수동적이라는 의미가 아니다. 그의 행동 역시 상상력 있는 행동이지만 복종하는 행동이다. 처음에 보기에 그는 수동적으로 보인다. 왜냐하면 자신에게 내려진 명령을 확신해야 하기 때문이다. 하지만 충분히 파악하고 난 뒤에 그는 복종할 만한 가치가 있는지 아닌지를 결정한다. 다시 말해 그것이 나쁜 그림이다 싶으면 완전히 등을 돌린다.

틴토레토를 포르노그래피로 사용하는 그런 사람들의 사례에서 보다시피, 훌륭한 예술 작품이 잘못된 방식으로 사용될 수도 있는 듯하다. 하지만 나쁜 그림만큼 그렇게 쉽게 잘못된 효과를 산출하는 경우는 거의 드물 것이다. 그와 같은 사람은 윤리적 혹은 문화적 위선이 더 이상 그를 방해하지 않는다면 기꺼이 틴토레토에게서 등을 돌려 키쉬너 혹은 포르노그래피로 돌아갈 것이다.

하지만 그 반대의 경우는 거의 불가능하다고 나는 생각한다. 소수가 훌륭한 그림에 바치는 그런 충만하고 훈련된 '수용'을 나쁜 그림이 즐길 수는 없다. 나는 최근 들어 광고 게시판 근처에서 버스를 기다리며 이 사실을 떠올렸다. 나는 1,2분 동안 정말 열심히 포스터를 쳐다보았다——술집에서 남녀가 술을 마시는 포스터였다. 처음 보는 순간 괜찮은 것처럼 보였던 장점들이 무엇이든지간에 다음 순간부터 줄어들었다. 그 미소는 밀랍인형 같은 싱긋 웃음이 되었다. 색채는 견딜 수 없을 정도로 사실적이었다. 적어도 내게는 그렇게 보였는데, 아무리 봐도 즐겁지 않았다. 눈을 만족시켜 줄 만한 구성은 어디에도 없었다. 전체 포스터는 무엇에 '관한' 것이라는 사실을 논외로 친다면 즐길 만한 **대상**이 아니었다. 이것이야말로 나쁜 그림을 꼼꼼히 들여다볼 때 일어나는 현상임에 틀림없다고 생각한다.

그렇다면 다수가 "나쁜 그림을 즐긴다"고 말하는 것은 부적절하다. 그들은 나쁜 그림이 그들에게 암시하는 생각들을 즐긴다. 그들은 있는 그대로의 그림을 실제로 보지 않는다. 정말로 그림 자체를 본다면 그것을 견딜 수 없었을 것이다. 나쁜 작품은 누구도 즐기지 않으면, 앞으로도 누구도 즐길 수 없을 것이라는 사실에 일리가 있다. 사람들은 나쁜 그림을 좋아하지 않는다. **왜냐하면** 나쁜 그림에 나타난 얼굴들은 인형의 얼굴 같고, 움직임을 나타내려 하고 있음에도 그 선에서 운동감을 전혀 느낄 수 없으며, 전체 디자인에서 에너지나 우아함을 찾아볼 수 없기 때문이다. 이런 결함들은 단지 그들에게는 보이지 않을 뿐이다. 테디 베어의 실제 얼굴은 놀이에 몰두해 있는 상상력 있고 따뜻한 가슴을 지닌 아이들에게는 보이지 않는다. 테디 베어의 눈이 플라스틱 단추라는 사실을 아이들은 더 이상 눈치채지 못한다.

예술에 있어서 나쁜 취향이 나쁨 그 자체에 관한 취향을 뜻한다면, 나는 과연 그와 같은 것이 존재하는지부터 확신해야 한다. 우리는 그렇다고 가정한다. 왜냐하면 우리는 이 모든 대중적인 즐거움에다 조잡한 형용사인 '감상적인'이라는 표현을 적용하기 때문이다. 감상적이란 형용사가 감상이라고 부를 만한 행위를 구성하는 것이라고 본다면(나는 이보다 나은 단어를 찾아내야 한다고 생각하지만) 우리는 그다지 틀리지 않는다. 이런 행위가 역겹고 유약하며 비이성적이고 일반적으로 꼴사나운 것과 유사한 것이라는 의미로 쓴다면, 이것은 우리가 아는 것 이상이다. 고독한 늙은 목동의 죽음과 충실한 그의 개라는 생각에 의해 감동을 받는 것은, 지금 우리가 논의하고 있는 주제와 별도로 본다면 그 자체로서는 전혀 열등한 것이 없다. 그와 같이 그림을 즐기는 것에 정말로 반대하는 이유는 당신이 결코 그 이상을 넘어설 수 없기 때문이다. 그렇게 이용된 그림은 이미 그곳에 있는 것만을 당신에게 환기시킬 것이다. 당신은 경계선을 넘어 새로운 영역, 회화적인 예술 자체가 이 세상에 첨가시킨 새로운 영역으로 결코 건너가지 못한다. **나는 구역질나는 나 자신을 발견한다.**

음악에서 우리들 대부분은 아마도 거의 다수의 상태에서 음악적인 생활을 시작한다. 모든 작품의 연주에서 우리는 '멜로디'에만 전적으로 주목했다. 휘파람이나 콧노래로 나타날 수 있었던 전체 소리에만 주의를 기울인다. 음악이 일단 이런 식으로 포착되고 나면 그 나머지는 사실상 들리지 않는다. 사람들은 작곡가가 그 곡을 어떻게 다루고 있는지, 혹은 연주자가 작곡가의 해석을 어떻게 연주하고 있는지 알아차리지 못했다. 멜로디 그 자체에 대해 두 겹의 반응이 있다고 나는 생각한다.

첫째, 가장 확실하게 드러나는 것이 사회적이고 유기적인 반응이다. 사람들은 '함께하고 싶어' 한다. 함께 노래하고 콧노래를 따라 부르고 박자에 맞춰 몸을 리드미컬하게 흔든다. 다수가 얼마나 자주 이런 충동에 휩싸이는지 우리는 너무 잘 알고 있다.

둘째, 정서적인 반응이 있다. 곡조가 우리 마음에 와닿는 것처럼 보이면 우리는 영웅적이 되기도 하고, 애처롭게 느끼기도 하고, 유쾌해지기도 한다. '것처럼 보인다'는 조심스런 단어를 사용한 이유가 있다. 일부 음악적인 순수주의자들은 특정한 곡조를 감정에 차용하는 것은 환상이라고 내게 말해 주었다. 확실히 그런 식으로 음악을 이용하는 것이 음악의 이해를 증진시키는 것을 저해한다. 그것이 보편적인 것도 결코 아니다. 심지어 동유럽에서마저 단조는 대부분의 영국 사람들이 가지는 의미와 같지 않다. 내가 줄루족의 전쟁 노래를 들었을 때, 그 소리가 나에게는 너무나 그립고 부드러워서 피에 굶주린 무장 부대가 전진하는 것이라기보다 **자장가**처럼 들렸다. 종종 그와 같은 정서적인 반응은 음악 그 자체뿐만 아니라 특정한 작곡에 붙여지는 환상적인 언어적 표제에 의해 상당히 지배받기도 한다.

일단 정서적인 반응이 잘 고취되면 그런 반응이 상상력을 낳는다. 위로받을 수 없는 슬픔, 눈부신 환락, 전쟁터에 관한 희미한 생각이 떠오른다. 점차로 우리가 실제로 즐기는 것은 이런 정서들이다. 작곡가가 그것을 어떻게 사용하고 있는가라는 문제와 연주의 질은 차치하고, 곡조 그 자체를 듣는 것으로 가라앉는다. 한 악기에 관해서(백파이프와 같은)라면 나는 아직도 이런 수준이다. 나는 한 선율을 다른 선율과 구별할 수도 없으며, 훌륭한 파이프와 엉망인 파이프를 구분하지도 못한다. 모든 파이프는 그냥 파이프일 뿐이며, 하나같이 나를 취하게 만들고, 가슴이 찢어질 것 같고, 흥취에 겨워한다. 보즈웰은 모든 음악에 이렇게 반응했다. "나는 그(존슨)에게 말했다. 음악은 고통스럽게 내 신경을 흥분시키고, 내 마음속에서 연민에 가득 찬 낙심으로 변주

될 정도로 영향을 미치다 보니 나는 쉽사리 눈물을 흘리기도 하고 혹은 용감하게 결단을 내린다. 그래서 가장 깊숙한 전쟁터로 돌진하려는 경향이 있었다"고 존슨에게 말했다. 존슨의 대답은 기억해둘 만하다. "선생, 그렇다면 나는 결코 음악을 듣지 않겠소이다. 음악이 나를 그처럼 바보로 만든다면 말이오."

우리는 대중적인 그림의 이용이 비록 그림 그 자체를 감상하는 것은 아니라 하더라도——물론 가끔 그런 경우도 있기는 하지만——그 행위 자체를 비하하거나 경시할 필요는 없다. 우리는 음악에 관한 대중적인 이용에 관해서도 이와 유사한 것을 암시할 필요는 거의 없다. 이같은 유기체적인 반응이나 정서적인 반응을 도매금으로 매도하는 것은 문젯거리가 못된다. 바이올린 소리에 맞춰 시장터에서 노래하고 춤추는 것은 분명히 올바른 정신으로 하는 것이다. 그것은 유기적이고 사회적인 반응이다. "짠 눈물이 당신의 눈에서 흘러나온다"는 것은 바보스러운 것도 수치스러운 것도 아니다. 이런 반응 중 어느것도 비음악적인 것은 아니다. **감식가** 역시 흥얼거릴 수도 있고, 휘파람을 불기도 한다. 그들 역시 혹은 그들 중 일부는 음악의 정서적인 암시에 반응한다.

하지만 그들은 음악이 연주되고 있는 동안에 흥얼거리거나 휘파람을 불지 않는다. 우리가 좋아하는 시행을 인용하는 것처럼 돌이켜보는 순간 그렇게 할 뿐이다. 이런저런 악절에서 드러난 직접적인 정서적 충격은 그다지 중요하지 않다. 그들은 전체 작품의 구조를 파악할 때, 작곡가의 창조물이(지적이고 동시에 감각적인) 그들의 귀에 상상력으로 수용되었을 때 그들은 그것에 관한 정서적인 반응을 보일지도 모른다. 그것은 지적으로 수태되는 것이다. 하지만 동시에 그런 정서는 대중적으로 이용되는 것보다 훨씬 감각적인 것이기도 하다. 이것은 보다 귀와 연계된 감각이다. 그들은 연주되고 있는 실제 소리에 완전히 주목한다. 하지만 그림의 경우나, 혹은 음악의 경우 다수는 선택하거나 요약해서 그들이 이용할 수 있는 것만 골라내고 그 나머지는 무시한다. 그림의 경우 최초에 요구되는 것은 '보라'는 것이다. 음악의 경우 최초에 요구되는 것은 '들으라'는 것이다. 작곡가는 여러분이 휘파람을 불 수 있는 '곡조'를 할당함으로써 시작할 수도 있다. 하지만 문제는 여러분이 휘파람을 불 수 있는 '곡조'를 할당함으로써 시작할 수도 있다. 기다려라, 주목하라, 작곡가가 그 곡으로부터 무엇을 만들어 내려고 하는지 보라.

하지만 나는 그림에서는 발견할 수 없었던 어떤 어려움을 음악에서 발견한다. 아무리 노력하더라도 나는 그런 감정을 떨쳐버릴 수 없다. 말하자면 어떤 단순한 곡조가 그것으로 무엇이 행해졌고, 어떤 연주를 했느냐와는 전혀 상관 없이 내재적으로 추하고 천하다는 느낌을 지울 수 없다. 어떤 대중 음악과 찬송가가 떠오른다. 내 감정이 상당히 근거가 있다면, 음악에서도 긍정적인 의미에서의 나쁜 취향이 있을 수 있다는 결론이 뒤따를 수도 있다. 말하자면 그것이 나쁘기 때문에 나쁨 그 자체를 즐기는 것이다. 하지만 이것은 내가 충분히 음악적이지 않다는 의미일 수 있다. 아마도 특정한 곡조가 거들먹거리고 싶게 만들거나 눈물을 철철 흘리고 싶은 자기 연민으로 유혹하는 힘이 너무 강력해서, 음악을 훌륭하게 이용할 때 나올 수 있는 중립적인 태도로 음악을 들을 수 없다. 이 점에 대해서 나는 진정한 음악가에게 판단을 맡긴다. 즉 어떠한 곡조(〈홈 스위트 홈〉마저도)도 위대한 작곡가가 훌륭한 심포니의 소재로 사용하지 못할 정도로 혐오스러운 음악은 없다. 혹은 있는지의 문제는 진정한 음악가에게 맡기도록 한다는 것이다.

다행스럽게도 그 질문은 대답하지 않는 채 남겨둘 수 있다. 전반적으로 음악과 그림에 대한 이중적인 이용은 서로 충분히 밀접하다. 두 가지 모두 '수용하기'보다 오히려 '이용한다'는 점이다. 두 가지 예술 작품이 자신들에게 무엇인가 행하기를 기다리는 대신 성급하게 다가가 예술 작품을 가지고 뭔가 해보자고 달려든다. 그 결과 화폭 위에 실제로 보여지고 연주에서 실제로 들을 수 있는 것은 대부분 무시된다. 무시되는 이유는 그것이 '이용될 수' 없기 때문이다. 작품이 그렇게 이용될 수 있는 것말고는 아무것도 포함하고 있지 않다면——교향곡에서 마음을 사로잡는 곡조가 전혀 없다면, 다수가 전혀 상관하지 않는 그림만이 있다면——그런 것은 완전히 거부당한다. 어떤 반응도 그 자체로서는 비난당할 이유가 없다. 하지만 이 양자의 태도는 문제의 예술을 충분히 경험하지 못하고 바깥에 머물게 만든다.

양자의 경우에 젊은 사람들이 이제 막 다수의 태도를 벗어나 소수의 태도로 이동하려는 바로 그 무렵, 어리석지만 다행스럽게도 일시적으로 경험하는 오류로 발생할 수도 있다. 극히 최근에 이르러 음악에는 단지 마음만 와닿는 곡조보다는 훨씬 오래 지속되는 즐거움이 있다는 사실을 발견한 젊은이들은, 어떤 작품에서 그와 같은 곡조가 있다는 그 사실만으로 그것을 '싸구려'라고 경멸하는 일시적인 단계를 거쳐야 할지도 모른다. 동일한 단계에서 어떤 젊은이는 인간의 마음에 정상적인 애정을 너무 쉽게 호소한다는 어떤 그림을 '감상적인' 것으로 경멸할 수도 있다. 그것은 마치 어떤 집이 안락함 이상을 요구한다는 사실을 알고 난 뒤에 어떤 안락한 집도 '좋은 건축물' 이 될 수 없다고 결론을 내리는 것과 흡사하다.

나는 이런 오류가 일시적인 것이라고 말했다. 진정으로 음악이나 그림을 사랑하는 사람에게서 일어나는 일시적인 현상을 의미한다. 하지만 지위 추구자와 문화의 신봉자에게서 때로 이런 현상은 고착되어 버릴 수도 있다.

4

비문학적인 사람들의 독서

협주곡을 순수하게 음악적으로 감상하는 사람과 정서와 가시적인 이미지로 인해 어떤 것이 전혀 들리지 않는(따라서 비음악적인), 그야말로 완전히 혹은 기초적인 출발 단계에서 음악을 감상하는 사람을 우리는 쉽게 구별할 수 있다. 하지만 이와 같은 의미에서 문학을 순수하게 문학적으로 감상하는 것이란 있을 수 없다. 모든 문학 작품은 단어의 연속이다. 그리고 소리(혹은 그 소리에 상응하는 시각적인 등가물)는 다름 아닌 단어이기 때문에 그 단어를 넘어서는 것을 마음에 전달한다. 이것이 바로 단어가 된다는 것이 의미하는 바이다. 음악적인 소리를 통해 그것을 초월해서는 들리지 않음으로 인해 비음악적인 것을 우리 마음에 전달하는 것은 음악을 다루는 잘못된 방식일 수 있다. 하지만 단어를 통해 단어를 초월하여 비언어적이고 비문학적인 어떤 것을 전달하는 것은 잘못된 독서 방식이 아니다. 그것 역시 독서이다. 그렇지 않을 경우 우리는 알지 못하는 언어 속에서 눈으로 책 페이지를 쭉 훑어나가도록 내버려둘 때 독서하고 있었다고 말해야 한다. 그리고 우리는 프랑스어를 배우지 않고도 프랑스 시인들의 시를 읽을 수 있어야 한다. 협주곡의 첫 선율은 그 자체에 집중하도록 요구한다. 《일리아드》의 첫 단어는 우리의 마음에 분노를 불러일으킨다. 말하자면 우리에게 완전히 문학 바깥에 있는 것과 시 바깥에 있는 어떤 것과 친숙해지도록 요구한다.

　나는 "시는 의미하는 것이 아니라 존재하는 것이어야 한다"고 말하는 사람과 그것을 부인하는 사람들 사이에서 초래하는 문제를 미리 판단하려는 것이 아니다. 시에 관해 무엇이 진실이든지 간에 시 안에 있는 단어가 의미해야 한다는 것은 매우 분명한 사실이다. 그저 '존재했고' 의미하지 않았던 단어는 단어가 될 수 없을 것이다. 이것은 심지어 넌센스 시에도 적용될 수 있다. 이런 맥락에서 《부점》은 단지 소음이 아니다. 우리가 게르트루드 스타인의 "장미는 장미이다(a rose is a rose)"가 "어로즈 이즈 어 로즈(arose is arose)"였다고 생각했다면 그녀의 시는 달라졌을 것이다.

　모든 예술은 예술 그 자체이며, 그밖의 다른 예술이 아니다. 따라서 우리가 도달하는 모든 일반적인 규칙은 각각의 예술에 적용할 수 있는 특정한 양식을 가지고 있다. 우리의 다음 작업은 사용과 수용 사이의 구분을 독서에 적용할 때 적합한 양식을 발견하는 것이다. 비문학적인 독자에게 비음악적인 청자들이 '주제 선율'과 그 주제 선율로부터 이끌어 내어 사용하는 것에만 배타적으로 집중하는 것과 상응할 만한 것이 무엇이겠는가? 이에 대한 우리의 실마리는 비문학적인 독자들의 행태이다. 그들의 행태는 다섯 가지 특징을 가지고 있는 것처럼 보인다.

　1) 그들은 서사가 없는 것은 어떤 것이든지 결코 읽지 않으며, 매료되지 않는다. 그들이 픽션을 전혀 읽지 않는다는 의미가 아니다. 모든 독자들 중에서 가장 비문학적인 독자는 '뉴스'에 집착한다. 그는 물리지도 않고 즐기면서 그가 결코 본 적이 없었던 어떤 곳에서, 결코 분명하지 않은 상황 아래서, 그가 알지 못하

는 어떤 사람이 그가 알지 못하는 사람과 결혼하고, 구조되고, 도난당하고, 강간당하고, 혹은 살해당하는 것을 날이면 날마다 읽는다. 하지만 이것은 그와 바로 그의 위 단계——가장 낮은 단계의 픽션을 읽는 그런 사람들——사이의 근본적인 차이가 못된다. 그는 그들과 마찬가지로 동일한 사건에 관해 읽고 싶어한다. 그 차이는 셰익스피어의 몹사(Mopsa; 셰익스피어의 《겨울 이야기》에 나오는 여자 양치기 이름)처럼, 그는 '그런 사건들이 사실이라고 확신하고' 싶어한다는 점이다. 이것은 그가 너무나도 비문학적이기 때문에 그는 허구를 합법적이고, 심지어 가능한 행위로서 생각할 수조차 없기 때문이다. (비평의 역사는 유럽이 이런 단계에서 벗어나는 데 몇 세기가 걸렸다는 것을 보여 준다.)

2) 그들은 귀가 없다. 그들은 오로지 눈으로만 읽는다. 가장 끔찍한 불협화음과 가장 완벽한 리듬과 성악적인 멜로디의 표본이 그들에게는 거의 매한가지이다. 이로 인해 우리는 고도로 교육받은 사람 중 일부는 비문학적이라는 것을 발견하게 된다. 그들은 눈 하나 깜짝하지 않고 '기계화와 국유화 사이의 관계'를 쓸 것이다.

3) 귀에 관한 것뿐만 아니라 그밖의 모든 다른 면에서도 마찬가지인데, 그들은 문체에 관해 대단히 무의식적이거나 심지어 우리가 생각하기에는 엉터리로 씌어진 작품을 선호하기조차 한다. 비문학적인 사람들에게 열두 살짜리(모든 열두 살짜리가 비문학적인 것은 아니다)가 읽는 것을 주어 보아라. 그가 통상적으로 읽는 해적에 관한 소년의 피 대신에 《보물섬》을 주거나, 아니면 통속적인 SF 종류를 주는 대신 웰스의 《달나라에 간 최초의 사나이》를 제공해 보라. 여러분은 종종 실망하게 될 것이다. 그들이 원하

는 바로 그것을 그들에게 준 것처럼 보일는지 모른다. 하지만 훨씬 나은 것을 주었는지 모른다. 실제로 하는 묘사와 어떤 환상을 산출할 수 있는 대화와 여러분이 분명히 상상할 수 있는 인물이 등장하는 그런 것을 제공해 보라. 그들은 그 작품에 트집을 잡으면서 즉시 한옆으로 밀쳐 놓는다. 그들에게 읽지 못하도록 지연시키는 어떤 요소가 이들 작품에 들어 있다.

4) 언어적인 요소가 최소한으로 줄어든 서사를 그들은 즐긴다——그림에서는 앙상한 스토리만 있는 것과, 영화에서는 가능한 대화가 최소화되어 있는 것을 그들은 즐긴다.

5) 그들은 신속하게 전개되는 서사를 요구한다. 무슨 일인가가 '일어나고' 있어야 한다. 비난할 때 그들이 선호하는 용어는 '느리다' '지루하게 질질 끄는' 등과 같은 어휘이다.

이런 특징의 공통된 원천을 보는 것은 그다지 어렵지 않다. 비음악적인 청취자들이 오로지 선율만을 원하는 것과 마찬가지로, 비문학적인 사람은 오로지 사건만을 원한다. 전자(비음악적인 사람)는 오케스트라가 실제로 만들어 내고 있는 거의 모든 소리를 무시한다. 그는 선율만을 따라서 흥얼거린다. 후자(비문학적인 사람)는 자기 앞에 놓여 있는 거의 모든 단어를 무시한다. 그는 다음에 일어날 것이 무엇인지 그것만을 알고 싶어한다.

그는 오로지 서사만을 읽는다. 왜냐하면 거기에서만 사건을 찾을 수 있기 때문이다. 그는 자신이 읽고 있는 것의 청각적인 측면에는 귀머거리이다. 왜냐하면 리듬과 멜로디는 누가 누구와 결혼했는지(혹은 구조되었는지, 도난당했는지, 강간당했는지, 살해당했는지)를 알아내는 데 도움이 되지 않기 때문이다. 그는 '앙상한' 서사만을 좋아하고, 거의 말이 없는 영화를 좋아한다.

왜냐하면 그런 영화와 서사에서는 그와 사건 사이에 가로놓인 것이 아무것도 없기 때문이다. 그는 스피드를 좋아한다. 왜냐하면 신속하게 전개되는 스토리는 전부가 사건으로 채워지기 때문이다.

문체에 있어서 그가 좋아하는 것은 약간 고려할 필요가 있다. 우리는 여기서 나쁜 것 자체를 좋아하는 것과 마주친 듯이 보인다. 왜냐하면 나쁜 것은 그것이 나쁘기 때문에 나쁘다. 하지만 나는 그렇다고 생각지 않는다.

어떤 사람의 문체에 관한 우리 자신의 판단이나 단어에 의한 단어, 구절에 의한 구질은 동시적인 것처럼 보인다. 하지만 실제로는 판단이 아무리 미세한 간격이라 할지라도 단어와 구절이 우리에게 미치는 영향에 연이어 뒤따라오는 것이어야 한다. 밀턴에서 〈변화무쌍한 명암〉을 읽으면서, 우리는 비범한 정도의 생생함, 편안함, 즐거움과 더불어 빛과 그림자의 분배를 상상하고 있는 우리 자신을 발견한다. 따라서 우리는 〈변화무쌍한 명암〉은 훌륭한 작품이라고 결론짓는다. 그 결과는 수단의 탁월성을 입증한다. 대상의 명료함은 우리가 끼고 보는 렌즈가 좋은 것임을 입증한다. 《매너리즘에 빠진 사나이》[1]에서 주인공이 하늘을 쳐다보고 '빛의 유동적인 궤도' 속에서 '흔들리고 있는' 혹성을 보는 구절을 우리는 읽는다. 구르는 것이 보이는 혹성의 이미지와 가시적인 궤도의 이미지는 너무 터무니없는 것이기 때문에 우리는 그런 것을 상상하려는 시도조차 하지 않는다. 심지어 **궤도**가 구체를 잘못 표현한 것이라 하더라도 우리는 그보다 낮게 할 수

---

1) Cap. 3, ad fin.

없다. 왜냐하면 육안으로 본 혹성은 구체도 아니고, 심지어 원반 형도 아니기 때문이다. 따라서 우리는 스콧이 서투르게 쓰고 있었다고 말한다. 이것은 나쁜 안경이다. 왜냐하면 우리가 그 안경을 통해 볼 수 없었기 때문이다. 이와 유사하게 우리가 읽은 모든 문장으로부터 우리의 내적인 귀가 만족을 얻을 수도 있고, 아니면 그 반대일 수도 있다. 이러한 경험을 근거로 하여 우리는 저자의 리듬이 좋다거나 나쁘다고 발언한다.

우리의 판단이 근거해 있는 이 모든 경험은 그 단어들을 진지하게 다루는 데 의존한다. 우리가 의미와 소리 두 가지 모두에 충분한 주의를 기울이지 않는다면, 그 단어들이 우리를 초대하는 대로 인식하고 상상하고 느끼도록 공손한 태도를 취하지 않는다면, 우리는 그런 경험을 할 수 없을 것이다. 여러분이 렌즈를 통해 실제로 쳐다보려고 노력하지 않는다면, 여러분은 그것이 좋은지 나쁜지 결코 알 수 없다. 우리는 어떤 작품이 정말로 좋은 것처럼 읽으려고 노력했다가, 마침내 우리의 찬사를 받을 만한 자격이 없다는 것을 아는 것으로 끝내지 않는 한 결코 그 작품이 나쁜지 알 수 없다. 하지만 비문학적인 독자는 사건을 추출하는 데 필요한 최소한의 관심 이상으로 단어에 절대로 주목하려 하지 않는다. 좋은 작품이 우리에게 제공하고, 나쁜 작품이 제공하지 못하는 대부분의 것을 그는 원하지 않으며, 그에게 아무런 의미도 와닿지 않는다.

그가 왜 좋은 작품을 귀중하게 여기지 않는지, 그 이유가 바로 여기에 있다. 하지만 이것은 또한 그가 왜 나쁜 작품을 선호하는지에 대한 설명이 된다. '코믹 만화'와 같은 스토리가 있는 그림에서 실제로 좋은 그림은 요구되지도 않을 뿐만 아니라, 오히려 방해가 되기도 한다. 왜냐하면 그런 그림에서 모든 사람이나 대상은 아무런 노력 없이도 즉각적으로 식별되어야만 한다. 그림은 충분히 쳐다보기 위해서 있는 것이 아니라 줄거리 진술로서 이해되어야 한다. 그림은 그저 상형 문자에서 불과 한 단계 물러나 있다. 비문학적인 독자들에게 이제 단어는 이와 대동소이한 위치에 있다. 모든 외형이나 정서(정서는 사건의 일부가 될 수도 있다)에서 **진부한 상투어**는 그에게 최상의 것이다. 왜냐하면 상투어는 즉각적으로 식별될 수 있기 때문이다. "내 피가 차가워졌다"는 공포에 대한 상형 문자이다. **이런** 공포를 구체적으로 표현하기 위해 위대한 작가가 만들어 내려고 하는 어떠한 시도도 비문학적인 사람들에게는 이중적으로 질리게 만드는 것이다. 왜냐하면 그런 노력은 그가 원하지 않는 것을 그에게 제공하기 때문이다. 그가 원하지 않는 일정한 정도의 주목과 단어에 신경을 쓰도록 만드는 조건 아래에서 그것이 제공되기 때문이다. 이것은 그가 지불하고 싶지 않는 가격으로 아무 쓸모없는 어떤 물건을 그에게 팔려고 하는 것과 마찬가지이다.

좋은 작품은 그의 목적에 너무 인색하거나, 아니면 너무 넘쳐서 그를 기분 나쁘게 할 수 있다. D. H. 로렌스가 묘사한 삼림 지대 장면과 러스킨이 묘사한 계곡은 그가 얻고자 하는 정보 이상의 것을 제공한다. 다른 한편 "그는 풍요롭고 아름다운 성 앞에 도착했다. 바다로 향해 나 있는 뒷문이 있었다. 문은 두 마리의 사자가 입구를 지키고, 달빛이 선명하게 빛나는 것을 제외하면 문지기도 없이 열려져 있었다"[2]라는 맬로리[아서 왕의 전설을 지

---

2) Caxton, XVII, 14.(Vinaver, 1014)

음)의 생각에 불만족스러웠을지도 모른다. 그 이유는 부분적으로 그가 읽었던 단어에 대한 그들의 관심이 너무나 불충분하기 때문이기도 한다. 모든 것은 강조되어야 하거나, '상세히 적혀 있어야' 한다. 그렇지 않으면 이런 것들은 그의 눈에 좀처럼 들어오지 않을 것이다. 여기에 덧붙여 그들은 상형 문자를 원한다. 말하자면 달빛에 대한 그들의 상투화된 반응을 방출할 수 있는 것을 그들은 필요로 한다. (물론 책이나 노래 가사, 영화에서 읽거나 본 그런 것으로서의 달빛이 되어야 한다. 실제 세계에 대한 그들의 기억은 독서하는 동안은 몹시 빈약하다.) 따라서 그들의 독서 방식은 이중적 그리고 역설적으로 결함을 가지고 있다. 그들은 어떤 장면을 충분하고도 정확하게 묘사하여, 그것을 이용할 수 있도록 해주는 주의력 있고 공손한 상상력이나 정서를 결여하고 있다. 다른 한편, 그들은 꾸밈없는 있는 그대로의 사실에 기반하여 구축할 수 있는 (한순간의) 풍요로운 상상력을 결여하고 있다. 따라서 그들이 요구하는 것은 묘사와 분석에 대한 너그러운 핑계이다. 주의 깊게 읽으려는 것이 아니라 그들에게 어떤 행동이 진공 상태에서——나무, 그림자, 나무를 위한 풀, 혹은 코르크를 팍하고 따는 소리, 신음할 정도로 차린 연회를 위한 상 등에 대한 막연한 언급——진행되고 있지 않다는 느낌을 줄 수 있는 것으로 충분하다. 이런 목적을 위해서라면 **상투어**는 많으면 많을수록 더더욱 좋은 법이다. 그와 같은 구절이 그들에게 미치는 영향은, 극장에 자주 가는 사람들에게 배경막이 미치는 영향과 거의 흡사하다. 아무도 배경막에 관해 주목하려는 사람은 없겠지만, 그것이 그곳에 없으면 없다는 사실을 모든 사람은 알아차릴 것이다. 따라서 좋은 글은 이런저런 면에서 볼 때, 비문학적인 사람의 신경을 언제나 거슬린다. 좋은 작가가 여러분을 정원으로 안내할 때, 그런 작가는 그 순간에 가장 특별한 정원의 인상을 가장 정확하게 여러분에게 묘사해 주거나——그 묘사는 장황할 필요가 없으며, 중요한 것은 선택이다——아니면 "이전에 이곳은 정원이었습니다"라고 단순하게 말할 것이다. 비문학적인 사람은 이 두 가지 중 어느것에도 만족하지 않을 것이다. 그들은 전자를 불필요한 "채워넣기"라고 부르면서 저자가 '서론은 생략하고 본론으로 들어가 주기'를 소망한다. 그들은 후자를 진공 상태라고 부르면서 혐오한다. 그들의 상상력은 그런 진공 상태 안에서 숨쉴 수 없다.

비문학적인 사람들은 그것을 충분히 이용하기에는 너무나 적은 관심을 단어에 준다고 말함으로써, 나는 그릇된 방식으로 지나치게 많은 관심을 단어에 주는 그런 독자들이 있다는 사실에 주목하지 않을 수 없다. 내가 문체장수(Stylemonger)라고 부르는 것을 생각하고 있는 중이다. 책을 집어들 때, 이런 사람들은 그들이 '문체(style)'나 '영어'라고 부르는 것에 관심을 집중한다. 그들은 영어의 소리나 의사 소통할 수 있는 힘으로 문체를 판단하는 것이 아니라, 영어의 특정한 임의적인 규칙에 그것이 순응하는가 하지 않는가에 따라 판단한다. 그들의 독서는 미국주의, 프랑스주의, 전치사로 끝나는 문장이나 분리 부정사에 대한 영원한 마녀 사냥이다. 그들은 문제의 미국주의나 프랑스주의가 우리 언어의 표현성을 증가시키느냐 감소시키느냐 하는 문제 따위는 물어보지 않는다. 최고의 영어 발화자와 최고의 영어 작가들이 수천 년 동안 전치사로 끝나는 문장을 사용해 왔다는 사실은 그들과 무관하다. 그들은 특정한 단어에 대한 임의적인 혐오감으로 가득 차 있다. 하나는 '그들이 언제나 혐오했던 단어'이며, 다른 하나는 '그들에게 여차여차하다고 생각토록 언제나 만드는' 것이다. 이것은 너무 흔하거나 너무 희귀하다. 그런 사람들은 문체에 관해 의견을 가질 자격이라고는 전혀 없는 그런 사람들이다. 왜냐하면 진정으로 관련이 있는 두 가지 테스트——드라이든이 "낭랑하게 울려 퍼지는 소리와 중요한 의미"라고 일컬었을 만한 정도——는 그들이 결코 적용하지 않는 두 가지 시험이다. 그들은 그것으로부터 이끌어 낼 수 있는 힘을 발휘하는 것이 아닌 어떤 도구를 판단한다. 말하자면 언어를 '존재하는 것'이지 '의미하는 것'이 아닌 어떤 것으로 취급한다. 그들은 렌즈 **너머로** 꿰뚫어보는 것이 아니라, 렌즈를 쳐다보고 난 뒤 렌즈를 비판한다. 문학적인 외설에 관한 법칙은 다른 것은 다 제쳐두고 오로지 어떤 특정한 단어에 혐오감을 드러내는 것으로 말하기 때문에, 그런 책들이 보여 준 경향성 때문이 아니라 그런 책들이 사용한 어휘 때문에 금서가 되었다. 그러다 보니 어떤 작가가 만약 금지된 단어를 회피할 수 있는 기술만 가지고 있다면——어떤 능력 있는 작가가 이런 기술을 가지고 있지 않겠는가——그는 가장 강력한 최음제를 대중들에게 자유로이 투여할 수 있었다. 문체장수의 판단 척도는 비록 다른 이유에서이기는 하지만, 법칙을 따르는 사람들만큼이나 과녁에서 빗나간 것이다. 대다수 사람들이 비문학적이라면, 그는 반문학적인 사람이다. 그는 비문학적인 사람들의 마음속(이들은 문체장수 아래서 학창 시절 흔히 고통받은 적이 있었다)에 **문체**라는 바로 그 단어를 혐오하게 만들며, 잘 씌어진 모든 책에 대해 심각한 불신을 가지도록 만든다. 그리고 만약 이 **문체**라는 것이 문체장수가 평가하는 그런 의미에서라면 이런 혐오와 불신은 올바른 것이기도 하다.

내가 지적했다시피 비음악적인 사람들은 주제 선율만을 골라낸다. 그들은 주제 선율을 콧노래로 따라 부르거나 휘파람을 불기 위해, 혹은 정서적이고 공상적인 몽상으로 빠져들기 위해 사용한다. 그들이 가장 좋아하는 선율은 그와 같은 용도에 가장 쉽게 착수하도록 만들어 주는 그런 선율임은 물론이다. 이와 유사하게 비문학적인 사람은 사건만을──"무엇이 일어났는가"──끄집어낸다. 그들이 가장 좋아하는 사건의 종류와 그들이 그런 사건을 이용하는 용도는 서로 일치한다. 우리는 세 가지 주요한 유형을 구별힐 수 있다.

그들은 '손에 땀을 쥐게 하는' 것을 좋아한다──임박한 위험과 간발의 차이로 도망치는 것과 같은 사건이 이에 해당한다. 이럴 때 즐거움은 지속적인 흥분과 (다양한) 불안으로부터 긴장의 이완에서 비롯된다. 심지어 노름꾼의 존재는 실제적인 불안이 많은 사람들에게 즐거움을 주거나, 아니면 적어도 즐길 만한 전체로서 작품 속에 필요한 구성 요소임을 보여 준다. 황당무계한 것과 그와 유사한 것들의 인기는, 현실적으로는 아무런 위험이 없는 공포의 **감각**이 즐길 만한 것임을 보여 준다. 강한 정신의 소유자들만이 현실적인 위험을 추구하고 즐거움을 위해 진정한 두려움을 추구한다. 한 번은 어느 등산가가 나에게 말했다. "내가 살아서 내려가기만 한다면 두 번 다시 산을 오르지 않으리라고 맹세하는 바로 그 순간에야 비로소 등산은 재미가 된다"라고 말이다. 짜릿한 것을 추구하려는 비문학적인 사람들의 욕망에는 미스터리가 없다. 우리 모두 그런 것을 공유하고 있기 때문이다. 우리 모두 막판까지 아슬아슬한 경기를 관람하는 것을 좋아한다.

둘째로, 그들은 호기심을 유발하고 그것을 연장시키고, 결사적이 되었다가 마침내 만족시켜 주는 것을 좋아한다. 따라서 그 안에 미스터리가 있는 스토리가 인기가 있다. 이런 쾌락은 보편적이며 설명을 필요로 하지 않는다. 이런 것의 추구는 철학자·과학자 혹은 학자의 행복이기도 하다. 이것이 또한 가십의 재미이다.

셋째로, 그들은 즐거움이나 행복에 참여할 수 있도록 해주는 ——등장 인물을 통해 대리만족이 가능한——스토리를 좋아한다. 이런 종류는 다양하다. 그것이 러브 스토리일 수도 있고, 감각적이고 포르노그래피적인 스토리이거나 혹은 감상적이거나 교훈적인 것일 수도 있다. 그것이 성공 스토리일 수도 있다. 혹은 상류 사회에 관한 이야기일 수도 있고, 부유하고 사치스러운 삶에 관한 것일 수도 있다. 우리는 어떤 종류든지간에 이런 대리만족적인 기쁨이 언제나 실제적인 기쁨을 대체하는 것이라고 가정하지 않는 것이 좋다. 러브 스토리를 읽는 사람이 평범하고 사랑받지 못한 여성들뿐만인 것은 아니다. 성공 스토리를 읽는 모든 사람들이 실패자인 것도 아니기 때문이다.

나는 그런 종류를 명료하게 구분하고자 한다. 실제적인 책은 대부분 전부가 다 그런 것이 아니라 일부 혹은 압도적으로 어떤 한 가지에 치중되어 있다. 흥분이나 미스터리 이야기는 대체로 그 안에 '사랑의 관심사'도 피상적이나마 들어가 있다. 러브 스토리나 목가적인 이야기, 상류 사회 이야기 역시 그 안에 서스펜스와 불안을 포함하고 있다. 그것이 아무리 소량으로 양념삼아 사소하게 들어가 있더라도 말이다.

비문학적인 사람이 비문학적인 까닭은 그들이 이런 방식으로

스토리를 즐기기 때문이 아니라, 그외의 다른 방식으로는 그런 스토리들을 즐길 수 없기 때문이다. 그들은 책에서 자신들에게 결여된 것만을 찾으려 하고, 문학의 충만한 경험으로부터 그것만을 잘라내려고 한다. 이런 것들만 그들은 골라내며, 그 나머지 것들은 그대로 내버려둔다. 왜냐하면 좋은 책을 읽으면서 이런 즐거움은 좋은 독자 역시 공유하는 것이기 때문이다. 우리는 애꾸눈 거인인 키클롭스가 오디세우스가 매달려 있는 양을 더듬고 있을 동안 조바심에 숨을 죽인다. 다른 한편 우리는 페드르(그리고 이폴리트)가 예기치 않게 되돌아온 테세우스에게 어떤 반응을 보일지 궁금해하며, 베네트 가의 망신살이 엘리자베스에 대한 다아시의 사랑에 어떤 영향을 미칠는지 궁금해한다. 우리의 호기심은 《정당한 죄인의 고백》의 첫머리 부분에 의해 강력하게 자극받는다. 혹은 틸니 장군의 행동이 왜 변화되었는가에 호기심이 발동한다. 우리는 《위대한 유산》에서 핍의 알려지지 않은 은인을 찾아내고 싶어한다. 스펜서의 《부시란의 집》에서 모든 연(聯)들이 우리의 호기심을 자극한다. 상상된 행복의 다양한 즐거움을 위해서라면, 단순한 목가시의 존재라도 문학에서 존중할 만한 장소를 제공한다. 우리가 모든 스토리에서 해피엔딩을 요구하지는 않지만 그와 같은 해피엔딩이 일어났을 때, 그리고 그런 결말이 적합하고 잘 수행된 것이라면, 우리는 등장 인물의 행복을 틀림없이 축복하고 즐긴다. 심지어 《겨울 이야기》의 조각상 장면에서 전혀 불가능한 소망의 대리충족을 즐길 마음 자세가 된다. 잔인했고 부당한 대접을 받았던 죽은 자가 되살아나서 우리를 용서하고 '이전과 다름없이' 되돌아가고 싶어하는 소망처럼 황당하고 불가능한 소망은 없기 때문이다. 독서를 하면서 오로지 대리만족적인 행복을 추구하는 그런 사람은 비문학적이다. 하지만 훌륭한 독서에서 그런 대리만족은 결코 구성 요소가 되어서는 안 되는 것처럼 가장하는 사람 또한 잘못된 것이다.

5

신화에 관하여

더 이상 들어가기 전에, 앞장에서 초래했을지도 모를 오해의 소지를 없애기 위해 에둘러 가야겠다. 다음을 비교해 보라.

1) 하프를 너무나 잘 연주했고 노래했던 사람이 있었는데, 심지어 짐승들과 초목들마저 그의 노래와 연주를 들으려고 주변으로 몰려들었다. 아내가 죽었을 때, 그는 산 자로서 죽은 자들의 땅으로 내려가 염라대왕 앞에서 음악을 연주했다. 염라대왕마저 감동하여 그들이 빛의 세계로 완전히 나갈 때까지 아내를 뒤돌아보아서는 결코 안 된다는 조건으로 그에게 아내를 되돌려 주겠다고 했다. 하지만 그들이 거의 바깥 세상으로 나올 바로 그 순간 그는 뒤돌아보았다. 그러자 아내는 영원히 그에게서 사라져 버렸다.

2) "여러 해 동안 고향을 떠나 방랑했던 사람이 있었다. 용왕인 포세이돈이 적대적인 눈길로 그를 감시했기 때문이었다. 이 기간 동안 줄곧 그의 아내에게 청혼한 구혼자들이 그의 재물을 축내면서 그의 아들에 대항하는 음모를 꾸몄다. 하지만 그는 천신만고 끝에 고향에 도달했고, 몇몇 사람에게 자신을 알렸다. 그래서 자신의 목숨을 구하고 적들을 죽었다." (이것은 《시학》에서 아리스토텔레스가 《오디세이아》를 요약한 것이다.)

3) 다음을 가정해 보자. 왜냐하면 이것을 《바체스터 탑》《미들

마치》혹은 《허영의 시장》과 같은 규모로 요약하지 않을 것이기 때문이다. 워즈워스의 《마이클》, 콩스탕의 《아돌프》 혹은 《나사의 회전》과 같이 훨씬 짧은 작품도 마찬가지이다.

겨우 윤곽만 제시했을 뿐이지만 처음의 것은 손 닿는 대로 첫 단어부터 시작했다. 이것은 내가 보기에 감수성이 조금이라도 있는 사람이라면, 그리고 이 이야기를 최초로 접한다면 강력한 감동을 받을 수 있을 것이다. 두번째 것은 그처럼 만족할 만한 그저 그런 독서가 아니다. 훌륭한 스토리는 이런 플롯으로 씌어질 수 있다고 우리는 이해한다. 하지만 이같은 개요가 훌륭한 스토리 자체는 아니다. 세번째의 경우처럼 내가 요약하지 않았던 개요가 있는데, 우리는 즉시 그런 요약이 아무런 가치가 없음을 쉽게 알게 될 것이다. 그같은 요약은 문제의 그 책을 재현하는 데 무가치할 뿐만 아니라 그 자체로서도 무가치한 것이다. 그것은 견딜 수 없을 정도로 지루할 뿐만 아니라 읽을 수조차 없기 때문이다.

그렇기 때문에 그 자체로서 가치가 있는 특수한 이야기 유형이 있다. 어떤 문학 작품에서 구현된 것과는 별도로 가치를 가진 유형이 있을 수 있다. 오르페우스의 이야기는 그 자체로서 감동적이며 깊이 감동을 주는 것이다. 이것은 베르길리우스와 그밖의 다른 시인들이 훌륭한 시로 그것을 노래했다는 사실과는 무관한 것이다. 그 이야기를 곰곰이 생각해 보고 그것에 의해 감동을 받는 것은, 그런 시인들을 생각해 보거나 그런 시인들에 의해 반드시 감동을 받는 것이 아니다. 그와 같은 이야기는 단어 이외의 수단으로는 우리에게 와닿지 않을 것임은 분명한 사실이다. 하지만 이것은 논리적으로 볼 때 우연적인 것일 뿐이다. 완벽한 팬터마임이나 무성 영화 혹은 일련의 그림을 통해 아무런 단어로 표현하지 않고서도 그 이야기를 분명히 드러낼 수 있다면, 그이야기는 우리에게 여전히 똑같은 영향을 미칠 것이다.

오로지 사건만을 원하는 그런 사람을 위해 씌어진 가장 조잡한 모험담의 플롯에서 이와 같은 예외적인 문학적 자질을 기대할 수도 있을 것이다. 여러분은 이야기 그 자체 대신에 개요만을 가지고 그들을 속일 수는 없었다. 그들은 오로지 사건만을 원한다. 하지만 사건은 '상세히 씌어지지 않는 한' 그들에게 결코 도달하지 못할 것이다. 게다가 가장 단순한 이야기조차 읽을 만한 요약이 되기에는 너무 복잡하다. 왜냐하면 너무 많은 일들이 일어나기 때문이다. 내가 염두에 두고 있는 이야기는 언제나 대단히 단순한 서사 형태인데――만족할 만하고 필연적인 형태로서 훌륭한 꽃병이나 튤립 같은 것을 의미한다.

신화를 제외하고는 그와 같은 이야기에 해당하는 것을 찾기가 힘들다. 하지만 이 신화라는 단어는 여러 가지 측면에서 불행하다. 무엇보다 우선 우리는 그리스 **신화**(muthos)가 이런 유형의 이야기라는 말이 아니라, 어떤 종류의 이야기를 의미한다는 것을 기억해야 한다. 둘째, 인류학자가 신화라고 분류하는 모든 것이 반드시 내가 관심을 갖는 그런 이야기는 아니다. 신화를 거론할 때, 발라드를 거론할 때 우리는 대체로 대다수의 것을 잊어버리고 최선의 표본만을 염두에 두고 말한다. 어떤 민족이 가지고 있는 모든 신화를 다 섭렵하려 한다면 우리가 읽어야 할 그 압도적인 분량 앞에서 질리게 될 것이다. 고대인들과 원시인들에게 그런 신화가 무엇을 의미했든지간에 우리에게는 대다수의 신화가 그다지 의미가 없으며 충격적이다. 신화가 보여 주는 잔혹함이

나 음란함 때문만이 아니라, 외관상 드러나는 어리석음 때문에 충격적이다. 어리석은 정도를 지나 제정신이 아닌 것처럼 보인다. 이 어처구니없고 비천한 잡목 넝쿨 신화 속에서 위대한 신화가 나온다. 오르페우스·데메테르·페르세포네·헤스페리데스·발데르·라그나뢰크나 일마리넨이 벼려낸 삼포가 바로 그것이다. 이들 신화는 잡목 우거진 가운데서 느릅나무처럼 우뚝 솟아 있다. 이와는 반대로 인류학적인 측면에서 볼 때 어떤 이야기는 신화가 아니며, 충분히 개화된 시기에 어떤 개인에 의해 창조된 것이지만, 내가 '신화적인 자질'이라고 부른 것을 보유할 수도 있다. 《지킬 박사와 하이드 씨》, 웰스의 《벽 속의 문》, 카프카의 《성》과 같은 작품의 플롯이 바로 그것이다. 피크 씨의 《타이터스 그로언》에서 고멘고스트의 개념이나, 톨킨 교수의 《반지 대왕》에서 엔츠와 로스로리엔이 바로 그런 플롯이다.

이런 불편함에도 불구하고 **신화**라는 단어를 사용할 수도 없고 새로운 단어를 만들어 낼 수도 없기 때문에, 나는 전자인 신화가 두 가지 최악의 선택 중 그래도 좀 낫다고 생각한다. 이해를 원하는 그런 자들은──나는 문체론자들에게는 아무것도 제공할 것이 없다──내가 사용한 그런 의미로 이 단어를 받아들이게 될 것이다. 이 책에서 신화는 다음과 같은 특징을 지닌 스토리를 의미한다.

1) 내가 앞서 이미 지적했다시피 신화는 초문학적인 것이다. 나탈리스 코메스·랭프리에르·킹즐리·호손·로버트 그레이브스·로저 그린을 통해 그와 같은 신화를 맛보았던 사람들은 공통된 신화적인 경험을 가진 셈이다. 그것이 최대공약수가 아니라는 점에서 신화는 중요하다. 이와는 대조적으로 브룩의 《로메우

스)와 셰익스피어의 《로미오》로부터 그와 같은 스토리를 맛보았던 그런 사람들은 그 자체로서는 가치가 없는 것에서 최대공약수를 공유한 셈이다.

2) 신화의 즐거움은 서스펜스나 경악과 같은 통상적인 이야기의 매력에 거의 의존하지 않는다. 신화는 맨 처음 듣는 순간부터도 필연적인 것이 느껴져야 한다. 그리고 신화는 처음 듣는 순간 우리들에게 영원한 명상의 대상을 소개해 준다는 점에서 주로 가치가 있다. 그것은 서술적인 이야기라기보다는 어떤 사물과 보다 흡사하다. 그것은 냄새나 현이 작동하는 것과 마찬가지로 그 나름의 특이한 맛이나 특질에 의해 작동한다. 때로는 심지어 첫 순간부터 이야기 요소가 거의 없는 경우도 있다. 신들과 모든 착한 사람들이 라그나뢰크의 그림자 아래서 산다는 생각은 스토리가 될 수 없다. 사과나무와 용을 가진 헤스페리데스는 그 사과를 훔치기 위해 헤라클레스를 끌어들이지 않더라도 이미 강력한 신화이다.

3) 인간의 동정심은 최소화된다. 우리는 등장 인물들에게 우리 자신을 강하게 투사하지 않는다. 그들은 다른 세계에서 움직이는 형태처럼 보인다. 신화 속의 등장 인물들의 움직임의 패턴은 우리의 삶과 심오한 관련성을 가지고 있다고 실제로 느끼지만, 상상력을 발휘하여 그들의 삶 속으로 들어가지는 않는다. 오르페우스의 스토리는 우리를 슬프게 만든다. 하지만 우리가 그에게 특별히 연민을 느낀다기보다는 초서의 트로일러스에게 연민을 느끼는 것과 마찬가지로 우리는 모든 인간들을 불쌍하게 여긴다.

4) 신화라는 단어는 그 자체에 이미 '환상적인'이라는 의미가 있다. 신화는 불가능한 것과 초자연적인 것을 다룬다.

5) 신화의 경험은 슬픈 것일 수도, 혹은 즐거운 것일 수도 있지만 언제나 엄숙하다. 코믹한 신화(내가 의미하는 **신화**에서)는 불가능하다.

6) 경험은 언제나 엄숙하기만 한 것이 아니라 경외감을 불러일으키는 것일 수도 있다. 우리는 신화에서 신성한 것을 느낀다. 그것은 마치 무엇인가 위대한 순간이 우리와 교통했었던 것과 같은 느낌을 준다. 이 무엇인지 포착하려는 거듭된 정신의 노력 ——말하자면 그 무엇을 개념화하려는 것을 주로 의미한다—— 은, 신화에다 알레고리적인 설명을 제공하려는 인류의 집요한 경향에서 엿볼 수 있다. 모든 알레고리를 다 시도한 뒤에도 신화 그 자체는 그런 알레고리들보다 더욱 중요하다는 느낌을 지속하게 된다.

나는 신화를 설명하려는 것이 아니라 기술하고 있다. 신화가 어떻게 신화적인 차원으로 상승하는지를 조사하는 것——신화가 원시과학인지, 잔존해 있는 화석화된 제례 의식인지, 마법사의 사기인지, 개인적인 무의식이나 집단적인 무의식의 발로인지 등——은 나의 목적과는 아무런 상관이 없다. 나는 우리의 정신과 다소 유사한 그런 정신 속에서 의식적인 상상력에 작용하는 것으로써 신화의 효과에 관심을 가지고 있을 뿐으로, 무의식 속에 있는 선사 시대적이고 논리 이전의 어떤 것에 신화가 미치는 가설적인 효과에 관해서는 관심이 없다. 전자, 즉 의식적인 상상력에 미치는 신화의 효과만이 직접적으로 관찰될 수 있거나 문학 연구와 가까운 주제로 끌어들일 수 있기 때문이다. 꿈으로 치자면 내가 뜻하는 꿈은 잠을 깨고 난 뒤에도 기억될 수 있는 꿈이다. 이와 유사하게 신화로 치자면 내가 의미하는 신화는 우리가 경험할 수 있는 것으로서의 신화이다. 말하자면 신화는 명상의 대상이지 믿음의 대상이 아니며, 종교 의식과 분리된 것이고, 논리적인 정신의 완전히 깨어 있는 상상력 앞에서도 버텨낼 수 있는 어떤 것이다. 나는 수면 위에 드러나 있는 빙산의 일부만을 다루고자 한다. 드러나 있는 빙산만이 아름답고, 그것만이 명상의 대상으로 존재할 수 있다. 빙산 아래에도 엄청나게 많은 것이 있음은 물론이다. 물 아래에 있는 빙산을 조사하려는 욕망은 순전히 과학적인 사유에 속한다. 하지만 이와 같은 연구의 특이한 매력은, 인간이 신화를 알레고리로 만들려는 동일한 충동으로부터 어느 정도 솟구쳐 나온 것이 아닐까라는 생각이 든다. 말하자면 신화가 제시하는 것처럼 보이는 어떤 중요한 것을 명상하고 포착하려는 또 다른 노력이 말이다.

나는 신화라는 것이 우리에게 미치는 영향으로 정의하기 때문에, 동일한 스토리가 어떤 사람에게는 신화가 되지만 다른 사람에게는 아닐 수 있다는 것이 분명해진다. 그렇다면 스토리를 신화적인 것과 비신화적인 것으로 분류함으로써 판단 척도를 제공하려는 것이 나의 목적이라면, 이 점은 치명적인 결함이 될 것이다. 하지만 나의 목적은 그것이 아니다. 나는 독해 방식과 신화에 관한 이같은 옆길로 빠지기가 왜 필요한가에 관심을 갖고 있다.

노골적이거나 조잡하고 음운도 제대로 맞지 않게 씌어진 언어적 설명을 통해 신화가 자신에게 무엇인지를 처음으로 익히게 된 그런 사람들은, 엉망인 텍스트를 중시하지 않거나 무시하면서 오로지 신화 그 자체에만 관심을 기울인다. 그런 사람은 글쓰기 자체를 그다지 개의치 않는다. 그런 사람은 어떤 식으로든지 신화를 접하게 된 것에 기뻐한다. 하지만 이런 태도는 내가 앞장에서 이미 언급했듯이 비문학적인 사람의 속성과 거의 정확히 일치하는 것처럼 보일 것이다. 이 양자의 경우 단어에 대해서는 똑같이 최소한의 관심만 기울이며, 오로지 사건에만 똑같이 관심을 집중한다. 하지만 신화를 사랑하는 사람과 비문학적인 다수를 동일시한다면 우리는 대단히 큰 잘못을 저지르게 될 것이다.

양자가 동일한 절차를 이용하기는 하지만 신화를 사랑하는 사람은 신화를 적절하고도 유익하게 사용하는 반면, 비문학적인 사람들은 그렇지 않다는 점에서 차이가 있다. 신화의 가치는 특히 문학적인 것도 아니며, 신화의 감상에 특히 문학적인 경험을 요구하는 것도 아니다. 신화를 사랑하는 사람은 신화가 훌륭한 독서감이 된다는 기대와 믿음을 가지고 단어에 접근하지 않는다. 그에게 신화는 단지 정보일 뿐이다. 신화의 문학적인 장점이나 결함은 시간표와 요리책의 장단점 이상으로 중요하지 않다. (자기의 주요 목적에 비추어 볼 때) 물론 그에게 신화를 말해 주는 그 단어들이 훌륭한 문학적인 기교를 가지고 있는――에다 산문이 보여 주다시피――것일 수도 있다. 신화를 사랑하는 사람이 문학적인 사람이라면――거의 문학적인 사람에 가깝다면――그는 문학 작품 그 자체에서 즐거움을 맛볼 것이다. 하지만 이런 문학적인 즐거움은 신화를 감상하는 것과는 구분될 것이다. 보티첼리의 《비너스의 탄생》에서 맛보는 회화적인 즐거움과 마찬가지로, 그것이 어떤 즐거움이든지간에 그것이 찬양하고 있는 신화에 대한 우리의 반응과는 구분되는 것이다.

반면 비문학적인 사람은 '책을 읽기 위해' 자리에 앉는다. 그들은 저자가 인도하는 대로 뒤좇아 가느라고 자신들의 상상력을 그것에 굴복시킨다. 하지만 이것은 마지못해 하는 항복이다. 그들 스스로 할 수 있는 것이 거의 없기 때문이다. 그들의 관심을 붙잡아둘 수만 있다면, 적당한 **상투어**를 동원하여 모든 것을 강조하고 게시하고 덧칠해야 한다. 하지만 이와 동시에 그들은 단어 그 자체에 엄격하게 복종해야 한다는 개념이 전혀 없다. 그들의 행동은 어떤 면에서 보자면, 고전 사전에서 건조하게 요약해 놓은 것을 통해 신화를 찾고 사랑하는 사람들보다 훨씬 더 문학적이다. 그들이 보다 문학적인 이유는 전적으로 책에 의존하고 책에 구속되어 있다는 의미에서이다. 하지만 그것 역시 너무 몽롱하고 성급한 것이어서 좋은 책이 제공해 줄 수 있는 어떤 것을 전혀 이용할 수 없다. 그들은 마치 모든 것을 설명해 주기를 원하면서도 그런 설명에 그다지 귀 기울이지 않는 학생들과 흡사하다. 신화를 사랑하는 사람과 마찬가지로 그들 역시 사건에 관심을 가지기는 하지만 대단히 다른 관심을 보인다. 신화를 사랑하는 사람은 살아 있는 한 신화에 의해 감동을 받을 것이다. 하지만 비문학적인 사람들은 일시적인 흥분이 사라지고, 순간적인 호기심이 줄어들고 나면 그런 사건을 영원히 잊어버릴 것이다. 당연하게도 그런 종류의 사건이란 것은 지속적으로 상상력과 결합될 수 있는 점이 별로 없는 법이다.

단어를 대할 때 보면 신화를 사랑하는 사람이 초문학적이라면, 비문학적인 사람의 태도는 비문학적이다. 신화를 사랑하는 사람은 신화가 주고자 하는 것을 신화에서 얻어낸다. 반면 그들은 독서가 제공하는 것의 10분의 1 혹은 50분의 1마저도 얻어내지 못한다.

내가 이미 지적했다시피, 어떤 스토리가 신화인지 아닌지 하는 그 정도는 신화를 읽고 듣는 사람에 따라 좌우된다. 이에 중요한 결론이 뒤따른다. 누군가가 책을 읽고 있을 때 정확히 무슨 일이 일어나고 있는지 우리가 알 수 있다는 가정을 해서는 절대 안 된다.[3] 모든 의구심을 넘어서 같은 책이 어떤 사람에게는 그저 재미있는 '이야기'에 불과하다면, 또 다른 사람에게는 신화나 혹은 신화에 버금가는 그 무엇을 전달하기 때문이다. 라이더 헤거드의 책은 이 점에서 특히 애매모호하다. 두 명의 소년이 헤거드의 로맨스를 다같이 읽고 있는 것을 본다고 해서, 그들 두 명이 반드시 동일한 경험을 하고 있다는 결론을 내릴 수는 없을 것이다. 한 소년은 주인공이 위기에 처해 있는 것으로 간주하는 데 반해, 다른 소년은 '무시무시하다'고 느낄 수도 있을 것이다. 한 소년이 호기심으로 인해 계속 앞을 향해 책장을 넘긴다면, 다른 소년은 경이감으로 인해 그 자리에서 멈출 수도 있다. 비문학적인 소년에게 코끼리 사냥과 난파선은 신화적인 요소만큼이나 ——이 두 가지가 마찬가지로 '신나는' ——좋은 것일 수 있다. 전반적으로 헤거드는 존 버컨과 마찬가지의 오락을 제공해 줄 수 있다. 신화를 사랑하는 소년이 또한 문학적이기도 하다면, 그는 버컨이 훨씬 나은 작가임을 조만간 발견하게 될 것이다. 하지만 그는 헤거드를 읽음으로써 단순한 흥분과는 비교할 수 없을 정도의 어떤 것에 도달할 수 있다는 사실을 깨닫게 될 것이다. 버컨을 읽으면서 그 소년은 "주인공이 탈출할 수 있을까?"를 물을 것이다. 헤거드를 읽으면서 그는 "나는 이런 상황에서 결코 탈출할 수 없을 거야. 여기서 나는 결코 빠져 나올 수 없을 거야. 이런 이미지들은 내 마음의 표면 아래 저 깊은 곳에 있는 근원적

---

3) 정확히 무슨 일이 일어나고 있는지 결코 알아낼 수 없다는 말은 아니다.

인 것에 가닿아 있었어"라고 느낄 것이다.

신화를 읽는 것과 비문학적인 사람의 특징적인 읽기 사이의 방법론상의 유사성은 이렇게 본다면 피상적인 것이다. 또한 이 것은 다른 유형의 사람들에 의해 실행되는 것이기도 하다. 나는 신화에 전혀 매력을 느끼지 못하는 문학적인 사람을 만나 보았지 만, 신화의 맛을 아는 비문학적인 사람은 결코 본 적이 없었다. 비문학적인 사람들은 우리가 대체로 대단히 개연성이 없는 것으 로 판단하는 그런 종류의 스토리를 수용할 것이다. 말하자면 그 런 스토리가 언급하는 심리, 묘사된 사회의 상태, 행운의 반전 등 은 믿기 힘든 것들인데, 바로 그런 것을 잘 받아들일 것이다. 하 지만 그들은 공공연하게 불가능하고 초자연적인 것들을 받아들 이지 못할 것이다. "그런 것은 실제로 일어날 수 없었어"라고 중 얼거리면서, 그들은 책을 내려놓을 것이다. 그들은 그런 초자연 적이고 불가능한 것들을 '말도 안 되는' 소리로 치부한다. 따라 서 우리가 '환상'이라고 부를 수 있었던 것이 독자로서의 그들 의 경험에 엄청난 역할을 차지함에도 불구하고, 그들은 한결같이 환상적인 것을 싫어한다. 하지만 환상이라는 이 용어를 정의 내 리지 않고서는 그들이 선호하는 것 속으로 좀더 깊숙이 파고들 수 가 없다는 점을 이런 구분이 우리에게 경고해 준다.

6

환상의 의미

환상이라는 단어는 문학적이면서 동시에 심리학적인 용어이다. 문학적인 용어로서 환상은 불가능한 것과 초자연적인 것을 취급하는 어떤 서사를 의미한다. 《늙은 수부의 노래》《걸리버 여행기》《에르혼》《버드나무에 부는 바람》《아틀라스의 마녀》《쥬르겐》《황금 항아리》《베라 히스토리아》《마이크로메가》《플랫랜드》, 그리고 아풀레이우스의 《변신》 등이 환상이다. 물론 이들 작품은 그 기질이나 목적상 대단히 이질적이다. 이들 환상에 하나의 공통점이 있다면 환상적이라는 점이다. 나는 이런 환상을 '문학적인 환상'이라고 부르고자 한다.

심리학적인 용어로서의 **환상**은 세 가지 의미가 있다.

1) 이런저런 의미에서 환자를 즐겁게 해주고, 현실과 환상을 착각하도록 만들어 주는 상상력적인 구성물이다. 이런 상태에 빠진 여성은 대단히 유명한 인물과 자신이 사랑에 빠져 있다고 상상한다. 어떤 남자는 자신이 귀족이고, 부유한 부모가 오랫동안 잃어버렸던 아들이므로 조만간 부모가 자신을 찾아내고 자신의 신분을 알아봄으로써 사치와 명예로 둘러싸이게 될 것이라고 믿는다. 가장 평범한 사건도 상당히 정교하게 만들어져 자신의 믿음을 뒷받침해 줄 증거로 왜곡된다. 이런 유형의 환상에 대해서 나는 그다지 이름 붙일 필요성을 느끼지 않는다. 왜냐하면 우리

는 그런 환상을 두 번 다시 언급하지 않을 것이기 때문이다. 망상은 우연한 경우를 제외하고는 문학적인 관심의 대상이 아니기 때문이다.

2) 즐겁게 만드는 상상적인 구성물은 환자에 의해 자신의 상처를 위로받게 해주지만, 환상이 현실이라는 망상을 가지지 않는다. 깨어 있는 꿈——몽상가들에 의해 그와 같이 알려진——즉 군사적이거나 에로틱한 승리나 권력과 영광, 심지어는 단지 인기를 꿈꾸는 깨어 있는 꿈은 단조롭게 반복되거나 해가 거듭할수록 정교해진다. 이러한 환상은 몽상가의 인생에서 가장 주요한 위안이며, 거의 유일한 즐거움이다. '보이지 않는 마음의 소용돌이 속으로, 이런 존재의 은밀한 방만함으로' 들어가게 되면, 그런 사람은 인생의 필요성이 그를 자유롭게 할 때마다 뒤로 물러난다. 다른 사람들을 즐겁게 만들어 주는 그와 같은 현실이 그런 사람에게는 점차 무미건조하게 되어 버린다. 그런 사람은 단지 개념적인 것뿐만 아니라 행복을 성취하는 데 필요한 모든 노력을 하지 못하게 된다. 끝없는 부를 꿈꾸는 몽상가는 단돈 몇 푼도 저축하지 못할 것이다. 상상적인 돈 후안은 그가 만나는 여자의 마음에 들려는 일상적인 노력을 해보려는 작은 수고조차 아끼게 될 것이다. 나는 이런 행위를 병적인 성 쌓기(Morbid Castle-building)라고 부른다.

3) 동일한 행위라 할지라도 일시적인 휴일이나 레크리에이션으로써 적당히, 그리고 단기간 동안 빠져드는 그와 같은 행위는 보다 효과적이고 외향적인 행위에 적절히 속하게 된다. 인간이 평생 동안 이런 환상 하나 없이 살 수 있을 정도로 현명하다고 한다면, 우리는 이런 문제를 논의할 필요조차 없을 것이다. 왜냐

하면 그런 사람은 없기 때문이다. 혹은 그와 같은 몽상이 언제나 목적 그 자체로 끝나는 것도 아니다. 우리가 실제로 하는 것은, 흔히 우리가 그렇게 하고자 꿈꾸어 왔던 것이다. 우리가 쓰려는 책은 백일몽 속에서 한때 마음속에 그려 보았던 것이었다. 물론 그렇게 완벽하게 그려 보았던 것은 아니라 할지라도. 나는 이런 환상을 정상적인 성 쌓기(Normal Castle-building)라고 부른다.

하지만 정상적인 성 쌓기 그 자체는 두 종류가 될 수 있으며, 이 두 가지 사이의 차이가 대단히 중요하다. 이 두 가지는 이기적인 것과 초연한 것이라고 부를 수 있겠다. 첫번째 유형으로서의 몽상가는 언제나 영웅이며, 모든 것은 그의 눈을 통해 보여지게 된다. 재치 있게 응수하는 자 역시 자기이며, 아름다운 여성을 사로잡는 것도 자신이고, 대양으로 나가는 요트를 소유한 것도 자신이며, 가장 위대한 생존 시인으로 자신을 주장하거나 한다. 나머지 다른 유형의 몽상가는 백일몽의 주인공이 아니거나, 혹은 모든 백일몽 속에서 자신이 주인공으로 등장하지는 않는다. 따라서 현실에서 스위스로 갈 수 있는 기회가 없는 사람은 알프스에서 휴일을 취하는 몽상으로 자신을 위로한다. 그런 사람은 허구 속에 존재할 수는 있지만 주인공이 아니라 차라리 관객으로 존재한다. 그 사람이 만약 스위스에 있었더라면 그의 관심은 자기 자신에게 한정되지 않고 산에 몰두할 것이기 때문에, 궁궐을 지으면서 그의 관심사는 상상의 산에 고정되게 될 것이다. 하지만 가끔씩 몽상가는 백일몽 속에 전혀 존재하지 않는다. 나는 아마도 잠들지 못하고 깨어 있는 밤, 상상 속에서 만들어 낸 풍경을 가지고 즐기는 그런 많은 사람들 중 하나인지 모른다. 나는 삼각주에서 울어대는 갈매기들이 있는 곳에서부터 좁고 협

곡이 많은 골짜기를 지나 구불구불 거슬러 올라가다가, 겹겹이 둘러싸인 습지에서 방울방울 떨어져 내리는 소리조차 거의 들을 수 없는 수원지까지 강의 흔적을 더듬고 올라간다. 하지만 나는 탐험가로서, 혹은 관광객으로서 나 자신을 그곳에 끼워넣지 않는다. 나는 바깥에서 그와 같은 세계를 쳐다보고 있을 따름이다. 그 다음으로 보다 진척된 단계는 흔히 어린아이들에 의해 도달하게 되는데, 주로 상호 협동에 의해서이다. 어린아이들은 전체 세계를 허구로 만들 수 있으며, 그곳에서 거주하면서도 그런 세계 바깥에 머물 수도 있다. 하지만 이같은 단계에 도달하게 되면, 그저 몽상이 아닌 그 이상의 것이 일어나게 된다. **허구**라는 세계 속에서 구성과 창조가 진행되게 된다.

따라서 몽상가는 조금의 재능이라도 가지고 있다면 사심 없는 성 쌓기에서부터 문학적인 창조로 자연스럽게 넘어갈 수 있게 된다. 이기적인 것에서부터 사심 없는 것으로도 쉽게 이행할 수 있다. 따라서 독창적인 것에서 허구적인 것으로 넘어간다. 트롤럽은 자신의 자서전에서, 처음에는 지독하게도 이기적이고 보상적인 유형이었던 성 쌓기 환상에서부터 어떻게 자기 자신의 소설이 자라 나오게 되었는지를 우리에게 말해 주고 있다.

하지만 지금의 조사에서 우리는 성 쌓기와 작문 사이의 관계에 관심을 가질 것이 아니라, 성 쌓기와 독서와의 관계에 초점을 맞추고자 한다. 나는 비문학적인 사람들에게 소중한 종류의 스토리 중 하나가 그들에게 사랑이나 부 혹은 등장 인물을 통해 대리만족의 차원에서 저명해질 수 있도록 만들어 주는 것이라고 이미 언급했다. 이것은 사실상 이기적인 성 쌓기에 의해 수행되었거나 비롯된 것이다. 그들은 독서할 동안 자신을 가장 부러워할 만하거나 가장 존경받을 만한 인물로 투사한다. 아마도 그들이 독서를 끝낼 무렵쯤이면 그들의 기쁨과 승리는 더 심한 몽상을 제공하는 계기가 된다.

내가 생각하기에, 종종 비문학적인 사람의 모든 독서가 이와 같은 투사가 포함된 유형의 것이라고 가정한다. 이때 내가 언급하는 '**이런 투사**'란 대리만족의 쾌락과 승리와 명성을 위해 투사된 것이라는 의미이다. 주요 등장 인물에다 이런 식으로 투사하는 것, 즉 영웅뿐만 아니라 악당에게도 투사함으로써 시샘과 동정을 동시에 유발하는 것은 모든 스토리를 읽는 독자들에게 틀림없이 필요한 것이다. 우리는 감정 이입을 해야만 하며, 등장 인물의 감정 속으로 들어가야 한다. 혹은 우리가 삼각 관계의 사랑에 관해 읽는 것도 타당하다. 하지만 심지어 대중 소설을 읽는 비문학적인 사람이라 할지라도 언제나 이기적인 성 쌓기 유형의 투사를 한다고 가정한다면, 그것은 성급할 결론이 될 것이다.

우선 첫째, 비문학적인 사람들 중 일부는 코믹 스토리를 좋아한다. 나는 농담을 즐기는 것이 그들에게나, 혹은 그밖의 누구에게나 성 쌓기의 한 형식이라고 생각지 않는다. 우리는 어느 누구도 십자 대님을 맨 말볼리오나 연못에 빠진 피크위크 씨가 **되고** 싶어하지 않는다. 상상하건대 우리는 '그 장면을 보았더라면' 하고 말할 것이다. 이것은 우리가 오직 관객이고픈 그런 소망일 따름이다. 하지만 그 장면에 우리는 이미 자리잡고 있지만, 다만 보다 좋은 좌석을 차지하기로 되어 있다. 또 다른 일례로 많은 비문학적인 사람들은 유령 이야기와 다른 공포 이야기를 좋아한다. 그들은 유령 이야기와 공포 이야기가 좋은 것이면 것일수록 그들 스스로가 그 이야기 속의 등장 인물이기를 점점 덜 원하게 된다. 모험담을 즐기는 경우는 그것이 가능할 수 있는데, 왜냐하면 독자는 자신을 용감하고 수완이 비상한 주인공의 역할로 간주하기 때문이다. 하지만 우리가 이것만이 언제나 유일하게 즐거움을 주는 원천이라고 확신할 수 있다고는 생각지 않는다. 그와 같은 독자가 그런 주인공을 흠모하고, 주인공의 성공을 자신의 성공으로 착각하지 않고서도 그의 성공을 소망할 수도 있기 때문이다.

우리가 이해할 수 있는 범위 안에서는 어떤 이야기의 매력이 오로지 이기적인 성 쌓기에만 의존하고 있는 것처럼 보이는 이야기가 남아 있다. 성공 스토리, 특정한 러브 스토리, 그리고 특정한 상류 사회의 이야기가 그런 것에 속한다. 이런 이야기들은 최하층 계급의 독자들이 가장 선호하는 독서 유형이다. 왜냐하면 독서는 자기 자신으로부터 최소한 벗어나도록, 이미 그들이 빈번히 사용한 탐닉 속에서 자신들을 확신하도록, 그리고 책과 인생 두 가지 모두에서 가장 소중한 것으로부터 외면하게 만들어 주기 때문이다. 이와 같은 성 쌓기는 책의 도움을 받건 받지 않건 간에, 심리학자들이 환상이라고 부르는 여러 가지 의미 중에서 하나를 차지한다. 우리가 필요한 구분을 하지 않았었더라면, 그와 같은 독자들은 문학적인 환상을 좋아할 것이라는 가정에 쉽게 빠져들 수 있다. 사실은 그 반대이다. 실험을 해보라. 그러면 여러분은 이런 독자들이 문학적인 환상을 싫어한다는 사실을 알게 될 것이다. 문학적인 환상을 '아이들한테나 적합한 것'이며, '실제로 결코 일어날 수 없었던 것'에 관해 독서하는 것은 아무런 소용이 없다고 생각한다.

우리가 보기에 그들이 좋아하는 책들은 불가능성으로 가득 채워져 있음이 분명하다. 그들은 괴물 같은 심리와 앞뒤가 맞지 않는 터무니없는 우연성에 아무런 반대도 하지 않는다. 그러면서도 그들은 그들이 알고 있는 그런 자연 법칙과 일반적인 질서의 준수를 엄격하게 요구한다. 다시 말해 의상, 간단한 가정용 도구, 음식, 집, 직업과 일상 세계의 어조 같은 것을 엄격하게 요구한다. 이것은 의심할 여지없이 부분적으로는 그들의 상상력이 극단적으로 무기력증에 빠져 있기 때문이다. 그들은 수천 번도 더 읽었던 것과 이전에 골백번도 더 보았던 것만을 현실적인 것으로 간주하기 때문이다. 하지만 이보다 더 심오한 이유가 있다.

자신들의 성 쌓기와 현실을 착각하지 않는다손 치더라도, 그들은 그럴 수도 있는 방식으로 느껴 보고 싶어한다. 여성 독자는 모든 사람의 눈길이 책 속의 여주인공을 뒤좇는 것처럼, 자신을 뒤좇아 올 것으로 믿지 않는다. 하지만 그녀는 그런 방식으로 느껴 보고 싶어한다. 보다 많은 돈이 주어진다면, 그래서 보다 좋은 옷·보석·화장품과 기회가 주어진다면 자기도 충분히 그럴 수 있으리라 생각하고 싶어한다. 남성 독자는 자신이 부자이며 사회적으로 성공한 사람이라고 믿지 않는다. 그럼에도 불구하고 만약에 그가 경마장에서 몰아 주는 판돈이 자신의 수중에 들어오기만 한다면, 혹은 재능은 없이 오직 행운만이 주어진다면 그역시 그럴 수도 있다고 생각한다. 그는 백일몽이 비현실적이라는 것을 안다. 그러면서도 그런 백일몽이 원칙상 실현되어야 한다고 요구한다. 백일몽이 명백히 불가능한 것이라는 눈곱만한 힌트라도 드러나게 되면, 그것이 그의 즐거움을 망치게 되는 이유가 바로 여기에 있다. 경이롭고 환상적인 것을 도입하는 스토리가 그에게 암시하는 바는 "나는 단지 예술 작품일 뿐입니다. 그러니 나를 그렇게 받아들이도록 하시오. 나의 암시, 나의 아름다움, 나의 아이러니, 나의 구성물 등을 그저 즐기기만 하시오. 현실 세계에서 이런 일이 당신에게 일어날 가능성은 절대로 없으니까요"라고 그에게 말한다. 그런 이후에 독서란——그와 같은 독서의 유형——쓸모없는 것이 된다. "그럴 수도 있잖아. 누가 알겠어. 어느 날 나에게도 이런 일이 일어나지 말라는 법이 어디 있어"라고 느끼지 않는 한, 그가 독서하는 모든 목적은 실망으로 끝날 뿐이다. 따라서 어떤 사람의 독서가 점점 더 이기적인 성 쌓기가 되면 될수록 그 사람은 표피적인 리얼리즘을 요구하게 될 것이며, 환상적인 것을 점점 덜 좋아하게 될 것임은 절대적인 규칙이다. 그런 사람은 적어도 순간적으로나마 기만당하고 싶어한다. 현실에 대한 그럴듯한 유사성을 지니고 있지 않는 한, 어떤 것도 그런 사람을 기만할 수 없다. 사심 없는 성 쌓기는 요정의 빵과 감로수나 신들의 감로주이자, 음식을 꿈꿀 수 있도록 해준다. 하지만 이기적인 성 쌓기 유형은 차라리 베이컨과 달걀이나 스테이크를 꿈꾼다.

하지만 나는 이미 애매하게 **리얼리즘**이란 용어를 사용했다. 그러므로 그 용어를 정밀하게 분석해야만 하겠다.

7

리얼리즘에 대하여

논리적인 관점에서 볼 때 **리얼리즘**이라는 단어는 명목론의 반대라는 의미를 가진다. 형이상학적인 관점에서 볼 때 리얼리즘은 관념론의 반대가 된다. 정치적인 언어에서 리얼리즘은 다소 품위가 떨어지는 세번째 의미를 가진다. 우리의 적수들이 그런 태도를 취하면 '냉소적'이라고 불러야 하고, 우리가 그들의 입장을 선택하게 되면 '현실적'이라고 부르는 그런 태도를 뜻한다. 지금 현재 우리는 이런 의미들과는 아무런 상관 없이 오직 문학비평 용어로서의 **리얼리즘**과 **사실주의적**(realistic)인 것에 관심이 있을 따름이다. 이런 제한적인 범위 안에서마저도 즉각적으로 구분되어져야 한다.

우리는 《걸리버 여행기》에서 직접적으로 측정된 크기의 정확한 분류나, 혹은 《신곡》에서 잘 알려진 대상과 비교해 봄으로써 드러나는 정확한 크기의 분류를 리얼리스틱한 것으로 묘사한다. 그리고 초서의 탁발승이 자기가 앉고 싶은 의자에서 고양이를 쫓아낼 때[4] 우리는 이것을 대단히 리얼리스틱한 묘사라고 기술해야 한다. 이것은 내가 묘사의 리얼리즘이라고 부르는 것이다. 어떤 것을 우리 가까이 가져와서 세밀하게 관찰하거나, 혹은 대

---

4) 《캔터베리 이야기》, D. 1775.

단히 세밀하게 상상된 세부를 묘사함으로써, 손에 만져질 수 있도록 생생하게 만드는 예술이라는 의미에서이다. 《베오울프》에서 '돌무더기를 따라가면서 냄새를 킁킁 맡는' 용을 한 가지 사례로 들 수 있다. 레이어먼의 아서가 대단히 조용한 태도로 그가 왕이었다는 소리를 들으면서 "한순간 얼굴이 붉어졌다, 또 다른 순간 얼굴이 창백해졌다"든지, 혹은 《가웨인 경과 녹색기사》에서 뾰족탑은 마치 '종이로 깎아낸' 것처럼 보였다든지, 혹은 고래의 입 속으로 들어가는 요나는 '마치 목사관 문 앞의 티끌' 처럼 보였다거나, 혹은 《휴온》에서 빵 굽는 요정은 그들의 손가락에 묻은 풀기를 비벼서 떨어냈다거나, 혹은 워즈워스의 작은 시내는 저녁에만 들렸으며 '낮 동안은 들리지 않았다' 와 같은 표현들이 이에 속한다.

매콜리에게 그와 같은 묘사의 리얼리즘은 주로 단테와 밀턴을 구별시켜 주는 것이었다. 매콜리는 그 지점까지는 옳았지만, 그가 씨름했던 것이 두 명의 특별한 시인들 사이의 차이가 아니라 중세적인 작품과 고전적인 작품 사이에 초래된 전반적인 차이라는 점을 결코 깨닫지 못했다. 중세는 묘사적 리얼리즘에서 눈부시고 화려한 전개를 선호했다. 왜냐하면 그 시절의 사람들은 시대 감각——모든 스토리에서 사람들은 자기 시대에 알맞은 습관을 걸쳤다——에 의해 제약받지도 않았으며, 그렇다고 예의 범절에 의해 제약받지도 않았다. 중세적인 전통은 우리들에게 '발포와 함대와 촛불' 을 주었다. 이에 반해 고전적인 작품은 **깊은 밤의 공포를 생각하게 만들었다.**

묘사적 리얼리즘이 보여 준 대부분의 사례는 고의적으로 그런 예들만을 골라 뽑은 것은 아니지만, 어쨌거나 개연성이나 가능성이라는 측면에서 볼 때는 그 자체로서는 전혀 '리얼리스틱한' 것이 아닌 스토리의 전개 과정에서 발생한 것이라는 점에 주목하게 될 것이다. 이것은 묘사의 리얼리즘과 내가 내용의 리얼리즘이라고 부르는 것 사이에 간파되었던 대단히 초보적인 혼란을 분명히 불식시켜 주어야 한다.

허구는 개연성이 있거나 '인생에 진실할 때' 내용의 측면에 있어서 리얼리스틱하다. 우리는 묘사의 가벼운 리얼리즘과 분리시켜 내용의 리얼리즘을 파악한다. 그렇게 함으로써 콩스탕의 《아돌프》와 같은 작품에서 '화학적으로 순수한' 것을 보게 된다. 실제 세계에서 그다지 드물지 않게 보는 종류의 열정이 있다. 그런 열정은 여러 가지 경로를 거쳐 죽음에 이르기까지 추구된다. 그곳에는 중지해야 할 불신이 없다. 우리는 이런 일이 일어날 수도 있다는 것을 결코 믿어 의심치 않는다. 반면 느껴져야 할 많은 것과 분석되어야 하는 많은 것이 있는 반면에, 아무것도 보이지 않고 들리지 않으며 느껴지지도 않고 만져지지도 않는 것이 있다. 아무런 '클로즈업'도 없고, 디테일도 없는 경우도 있다. 조연급 등장 인물도 없고, 심지어 이름을 거론할 만한 지명조차 없는 곳도 있다. 짧은 구절을 제외하면, 그것도 특수한 목적을 위한 짧은 구절 속에 나타난 것을 제외하면 기후도 없고 시골 풍경도 없다. 그래서 이 모든 주어진 상황에도 불구하고 라신에게서 모든 것은 개연성이 있고, 심지어 필연적이다. 내용의 리얼리즘은 위대하지만, 묘사의 리얼리즘은 전혀 없다. 우리는 어떤 사람이 과연 어떻게 생겼으며, 무엇을 입고 무엇을 먹는지 전혀 알지 못한다. 모든 사람들은 동일한 스타일로 말한다. 사실상 거의 양식이라는 것이 없다고 볼 수 있다. 나는 오레스테스(혹은 아돌프)

가 어떤 **존재**일 것 같은지 아주 잘 알 수 있다. 하지만 만약 내가 그를 만난다면, 내가 피크위크나 폴스태프나 그리고 아마도 카라 마조프 영감이나 버시락을 내가 알고 있는 것처럼 그렇게 그를 알 아볼 수는 없을 것이다.

이 두 가지 리얼리즘은 대단히 독립적이다. 여러분은 중세의 로망스에서처럼 내용의 리얼리즘이 없더라도 묘사의 리얼리즘 을 이해할 수 있다. 혹은 프랑스 비극에서처럼(혹은 그리스 비극 에서처럼) 묘사의 리얼리즘이 없더라도 내용의 리얼리즘을 이해 할 수 있다. 아니면 《전쟁과 평화》에서처럼 묘사의 리얼리즘과 내용의 리얼리즘 양자를 얻어낼 수 있는 작품도 있다. 또는 《푸 리오소》나 《라슬라》 혹은 《캉디드》에서처럼 두 가지 중 어느것도 없는 경우도 있다.

이 시대에 들어와서 글쓰기의 이 네 가지 방식 모두 훌륭하며, 걸작은 그런 네 가지 방식으로 산출될 수 있다는 것을 우리 스스 로에게 상기시키는 것은 대단히 중요하다. 현재의 지배적인 취 향은 내용의 리얼리즘[5]을 요구한다. 19세기 소설의 위대한 성취 로 인해 우리는 내용의 리얼리즘을 기대하고 감상하도록 훈련되 어 왔다. 하지만 우리가 이처럼 자연스럽고 역사적으로 조건화 된 선호도를 하나의 원칙으로 만들어 낸다면, 엄청난 실수를 저 지르는 것일 뿐만 아니라 책과 독자에게 보다 잘못된 분류를 제 공하는 것임에 틀림없다. 이와 같은 위험 요소가 어느 정도 있 다. 내가 알고 있는 어떤 사람도 픽션이란 경험 가운데서 찾을

---

5) 대체로 묘사의 리얼리즘 역시 요구한다. 하지만 후자의 경우는 이 시점에서 관련성이 없다.

수 있었고, 아마 앞으로 찾을 수 있는 것으로서 인생을 재현하지 않는 한, 어른들과 교양 있는 독서를 위한 것으로는 적합하지 않다는 점에 대해서는 그다지 많은 말들을 필요로 하지 않는다. 하지만 그와 같은 가정에는 많은 문학비평과 문학적인 토론이 배경 지식으로 암묵적으로 잠복되어 있는 것처럼 보인다. 낭만적인 것, 목가적인 것, 환상적인 것들에다 손쉬운 '도피주의'라는 낙인을 찍어서 이런 여러 사례들을 무시하고 경멸하려는 경향이 널리 퍼져 있다는 생각을 이 가정에서 우리는 느낄 수 있다. 책이란 인생의 반영(혹은 다소 통탄할 만한 인생의 한 단면)이 되거나, 인생에 관한 '논평'이 될 때 칭찬받는다는 것을 이 가정에서 느끼게 된다. 우리는 또한 '인생에 진실한 것'이 그밖의 모든 고려 사항을 압도하면서 문학에 요구되어야 할 사항으로 주장되어 왔음에 주목하게 된다. 반 다스의 단음절어를 사용함으로써 외설에 반대하는 법칙——이것은 다소 웃기지도 않는 법칙처럼 보일 수도 있다——에 의해 제약을 받는 저자들은, 마치 그들이 갈릴레오 같은 과학의 순교자나 되는 것처럼 느꼈다. "이것은 외설적이다" 혹은 "이것은 타락한 것이다"에 반대하거나, 아니면 "이것은 재미가 없다"라는 보다 비판적으로 관련성이 있는 반대에 대한 대답으로서 "이것은 실제 인생에서 일어난다"는 대답 하나만으로도 때로는 충분한 것처럼 보인다.

무엇보다 먼저 우리는 어떤 종류의 픽션이 인생에 진실한 것이라고 말할 수 있는가를 결정해야 한다. 양식 있는 독자가 어떤 책을 다 읽고 난 뒤 "그래, 이것이 바로 우리 인생——암담하거나 멋지거나 공허하거나 아이러니컬하거나간에——이야. 이런 종류의 일이 일어나지. 그래 사람들은 이런 식으로 행동하지"라고 느낄 때, 그 책은 이런 자질을 가지고 있다고 말해야 할 것으로 가정할 수 있다.

하지만 우리가 "이런 종류의 일이 일어나지"라고 말할 때, 그런 종류의 일이 대체로 혹은 종종 일어난다는 것을 의미하는가? 아니면 그런 종류의 일은 인간 운명에 전형적인 것이라는 의미인가? 아니면 이런 종류의 일은 충분히 일어날 만한 것임을 의미하는가? 아니면 천재일우의 사건을 의미하는 것인가? 이런 관점에서 볼 때 《티라누스의 오이디푸스》나 《위대한 유산》 사이에, 다른 한편 《미들마치》와 《전쟁과 평화》 사이에 엄청난 차이가 있기 때문이다. 처음의 두 작품에서 우리는 (대체로) 그와 같은 사건을 볼 수 있으며, 주어진 상황으로 볼 때 그와 같은 행동은 인간의 인생에서 있을 법한 일일 뿐만 아니라 특징적인 것으로 이해할 수 있다. 하지만 상황 그 자체는 전혀 그렇지 않다. 가난한 소년이 익명의 후원자에 의해 부자가 되고, 나중에 그 후원자가 죄수라는 것이 밝혀지는 상황 자체는 전혀 일어남직한 것이 아니다. 어떤 사람이 어렸을 때 버려졌다가 구출되어 왕의 양자가 되고, 그런 다음 우연하게도 자기 아버지를 죽이고, 또 다른 우연으로 자기 아버지의 미망인과 결혼할 기회는 너무 지나친 경우에 해당한다. 오이디푸스의 불운은 몬테크리스토의 엄청난 행운만큼이나 불신의 중지를 요구한다. 반면 조지 엘리엇과 톨스토이의 걸작에서 모든 것은 개연성이 있고, 인생에서 전형적인 것이다. 이런 일들은 아마도 누구에게나 일어날 법한 그런 종류의 것들이다. 그런 일들은 아마도 수천 번이라도 일어날 수 있었다. 그들은 우리가 어느 날이라도 만날 수 있을 법한 사람들이다. 우리는 아무런 유보 조건 없이 "인생이 이런 것이지"라고 말할 수 있다.

　이런 두 가지 종류의 픽션은 《푸리오소》 혹은 《늙은 수부의 노래》나 《바텍》 같은 문학적인 환상과는 구별될 수도 있지만, 이들 양자 사이에서도 구분되어야만 한다. 우리가 이 양자를 구별하는 순간, 우리는 사실상 거의 현대에 이르기까지 거의 모든 스토리들이 첫번째 유형——《미들마치》의 친족이 아니라 《오이디푸스 왕》의 친족에 속하는——에 속한다는 것을 인정하지 않을 수 없게 된다. 따분한 것을 제외한 모든 것은 정상적인 것이 아니라 예외적인 것으로서 대화에서 이야기되듯이——페티 커리에서 기린을 보았다면 언급하겠지만, 그곳에서 학부생을 보았다면 누구도 그것을 언급하지 않는다——그와 마찬가지로 저자들 역시 예외적인 것을 거론했다. 초기의 관중들은 그밖의 어떤 것에 관한 스토리에서는 중요성을 보지 못했을는지도 모른다. 《미들마치》나 《허영의 시장》《늙은 아낙의 이야기》에서 우리가 볼 수 있는 그런 문제와 대면했을 때, 초기의 관중들은 "이건 너무 일상적이잖아. 이것은 매일 일어나는 거야. 이들과 이들의 행복이 전혀 주목할 만한 것이 못된다면 이 따위 이야기를 왜 우리에게 말해 주고 있는 거지"라는 반응을 보였을 수도 있다. 우리는 대화 가운데서 이야기가 어떻게 도입되는지에 주목함으로써 "이건 내가 본 것 중에서 가장 이상한 광경이었다네" 혹은 "내가 그보다 더 이상한 얘길 함세" 혹은 "자네가 전혀 믿지 못할 얘기가 여기 있네"라고 말하는 **이야기에 대한 인간의 세계적이고 태고적인 태도를 배울 수 있게 된다.** 그와 같은 것이 19세기 이전까지 거의 모든 이야기의 기본적인 정신이었다. 아킬레스나 혹은 롤랑의 행동은 그들이 예외적인 인물이었고, 있음직하지 않은 영웅이었기 때문에 이야기되었다. 오레스테스의 모친 살해의 무거운 짐은 그것이 예외적이고 있음직하지 않은 부담이었기 때문에 이야기되었다. 성자의 인생은 그가 예외적이고 있음직하지 않을 정도로 거룩했기 때문에 이야기되었다. 오이디푸스나 발린이나 쿨레르보의 불운은 그것이 전대미문의 불운이었기 때문에 이야기되었다. 《시골 면장의 이야기》는 그 안에서 일어난 것이 비정상적이지만 믿기 어려울 정도로 재미있기 때문에 이야기되었다.

모든 훌륭한 픽션은 인생에 진실해야 한다고 주장할 정도로 우리가 그처럼 철저한 리얼리스트라면, 우리는 분명히 두 가지 노선 중에서 이것 아니면 저것을 선택해야 할 것이다. 다른 한편 유일하게 훌륭한 픽션은 두번째 유형에 속하는, 다시 말해 《미들마치》의 친족에 속하는 것이라고 말할 수 있다. 이런 픽션은 아무런 유보 조건 없이 "이것이 인생이야"라고 말할 수 있는 것이다. 만약 그렇게만 말한다면, 우리는 거의 모든 인류의 문학적인 실천과 경험에 등을 돌리게 될 것이다. 그것은 너무 지나치게 엄청난 적수를 만드는 일이다. 안전 조치(Securus judicat). 혹은 우리는 오이디푸스의 이야기처럼 예외적이고 비전형적인(따라서 주목할 만한) 이야기와 같은 것이 인생에 진실하다고 말할 수도 있다.

자, 충분히 단호한 결단을 내렸다면 이제——그야말로 단지——우리는 그 점을 뻔뻔스럽게 밀고 나갈 수 있게 된다. 우리는 그와 같은 이야기들이 암묵적으로 "인생이란 이런 것이기 때문에 심지어 이런 일마저 가능해"라고 말하고 있는 것으로 주장할 수 있다. 어떤 사람은 감사해 마지않는 죄수에 의해, 상상하건대 상당한 부자로 신분이 상승될 수도 있다. 어떤 사람은 상상하건대 발린처럼 그렇게 운수가 나쁠 수도 있다. 상상하건대 또 어떤 사람이 달군 쇠에 화상을 입고 뜨거운 나머지 "물이야!"를 외쳤는데, 그로 인해 바로 그 찰나 어리석은 늙은 지주는 (배의) 밧줄을 끊게 될 수도 있었다. 왜냐하면 그는 '노아의 홍수'가 조만간 다가올 것이라는 바를 이미 설득당했기 때문이었다. 상상하건대 어떤 도시는 목마에 의해 점령당할 수도 있었다. 우리는 그들이 그것을 단지 말하고 있는 것뿐만이 아니라, 그것을 진실하게 말하고 있다고 주장해야만 한다.

하지만 이 모든 것을 인정한다 하더라도——마지막 항목은 많은 것을 삼켜야 한다——내가 보기에 이 입장은 대단히 작위적인 듯하다. 필사적으로 이 주제를 옹호하기 위해 우리가 그런 이야기를 받아들일 때 경험했던 바와 전혀 소화되지 못하는 어떤 것을 (인위적으로) 고안해 냈던 것 같다. 심지어 그런 이야기들이 "인생이란 이런 것이기 때문에 이것은 가능해"라는 결론을 허용한다고 할지라도 이야기가 인생을 지어내고, 이야기가 인생을 위해 말해지고 들려 주는 것이며, 인생이란 저 멀리 동떨어진 사건에 불과한 것으로 믿을 사람이 누구이겠는가? 그 이야기를 말하는 사람들과 그것을 받아들이는 사람(우리 자신을 포함하여)들은 인생이라는 어떤 보편성에 관해 생각하고 있는 것이 아니다. 우리의 관심사는 구체적이고 개별적인 어떤 것에 고정된다. 보다 일상적인 공포, 광휘, 경이, 연민이나 특수한 경우의 부조리에 보다 더 관심이 있다. 문제는 이런 이야기들이 내세에 일어날 한 인간의 인생에 던져 주는 빛이 아니라, 이야기 그 자체에 관심이 있다는 점이다.

그런 이야기들이 잘 만들어졌을 때, 대체로 가설적인 개연성이라고 부를 수 있는 것이 획득된다. 일단 최초의 상황이 발생한다면 있음직한 것이 되는 것이 개연성이다. 하지만 상황 그 자체는 대체로 비판으로부터 면죄된 것처럼 다루어진다. 보다 단순했던 시절에 상황은 권위에 의존하여 수용된다. 우리의 조상들은 그런 이야기들을 '나의 주인공' 혹은 '이 오래된 방법' 등으로 증인을 내세웠다. 만약 시인과 청중이 설혹 문제를 제기한다손 치더라도, 그것은 우리가 역사적인 사실을 간주하는 것처럼 그렇게 간주된다. 픽션과 달리 사실은 충분히 잘 입증만 된다면 개연성을 가져야 할 필요가 없다. 하지만 그렇지 못한 경우가 허다하다. 종종 우리는 서술된 이야기로부터 인생 일반에 관한 결론을 이끌어 내서는 안 된다는 경고를 받게 된다. 한 영웅이 거대한 돌을 번쩍 들어올릴 때, 호메로스는 우리의 경험 세계에서 볼 때 어떤 두 사람도, 이 시대의 어떤 두 사람도 그 돌을 움직일 수는 없었다라고 우리에게 일러 준다. 핀다로스는 헤라클레스가 하이퍼보리언들의 땅을 보았다고 말한다. 그렇지만 여러분은 그곳에 도달할 꿈도 꾸지 말지어다라고 경고한다. 보다 세련된 시대에는 오히려 상황은 자명한 것으로 가정하여 받아들여진다. 리어 왕이 왕국을 분할했다는 것을 '당연하게 받아들여 보라' 라든지, 혹은 《물방앗간 주인의 이야기》에서 '부유한 바보(gnof)' 는 한없이 속기 잘하는 인물이었다라든지, 혹은 소년의 복장을 한 소녀는 옷을 바꿔입는 즉시 그녀의 연인을 포함하여 어느 누구도 그 사실을 알아채지 못한다. 혹은 가장 가깝고 가장 사랑하는 사람에 대한 중상모략이, 심지어 가장 수상쩍은 인물의 입에서 흘러나와도 즉각적으로 믿어 버리게 된다. 틀림없이 저자들은 "이런 종류의 일이 일어난다"고 말하고 있는 것은 아니다. 혹은 저자가 그렇다고 말한다면 그는 거짓을 말하고 있는 것이 틀림없는가?

하지만 그는 거짓말을 하고 있는 것이 아니다. 그는 "만약 이런 일이 일어난다면 그 결과가 얼마나 흥미진진하고 감동적일까! 잘 들어 보라. 이처럼 될 수도 있다"라고 저자는 말하고 있다. 그런 자명한 가정에 의문을 제기하는 것은 잘못 이해하고 있음을 드러내는 일이 될 것이다. 그것은 마치 왜 트럼프가 트럼프여야 하는가라는 것과 마찬가지의 질문이다. 셰익스피어의 몹사가 하는 일이 이런 종류의 것이다. 그것이 핵심은 아니다. 이야기의 **존재 이유**는 우리가 그 이야기를 뒤따라가면서 울고, 전율하고, 경이감을 느끼고, 웃게 되는 데 있다.

그와 같은 이야기들에다 철저하게 리얼리스틱한 문학 이론을 강제하려는 노력은 잘못된 것처럼 보인다. 문제시되는 어떤 의미에서든지, 이런 이야기들은 우리가 알고 있는 것과 같은 인생의 재현이 아니다. 이야기가 그럴듯한 인생의 재현이 된다고 해서 가치가 있었던 것도 아니다. 기이한 사건은 이 있음직하지 않은 테스트에 인생이 어떻게 반응하는지를 보여 줌으로써 실제 인생에 대한 우리의 지식을 증가시키기 위해 가설적인 개연성을 덧입히지 않는다. 그와는 정반대이다. 가설적인 개연성은 그 기이한 사건을 보다 충실하게 상상할 만한 것으로 만들기 위해 도입된다. 햄릿이 유령과 대면한 이유는 그가 보이는 반응이 그의 본성과, 고로 인간 본성 전반에 관한 것을 보다 잘 우리에게 말해주기 위해서가 아니다. 우리가 유령을 받아들일 수 있도록 하기 위해 그는 자연스럽게 반응하는 것으로 보여진다. 모든 문학이 내용의 리얼리즘을 지니고 있어야 한다는 요구는 유지될 수 없다. 여태까지 이 세상에서 산출된 많은 위대한 문학 작품들이 내용의 리얼리즘을 가지고 있지 않다. 하지만 우리가 제대로 요구해야 할 상당히 다른 요구가 있다. 모든 책들이 내용에 있어서 리얼리스틱해야 하는 것이 아니라, 모든 책은 가능한 그런 내용의 리얼리즘을 가지고 있는 것처럼 이루어져야 한다는 것이다.

이 원칙은 언제나 이해될 수 있는 것처럼 나타나지 않는다. 모든 사람들에게 리얼리스틱한 독서를 요구하는 진지한 사람들이 있다. 그리고 그들은 그럴 수만 있다면 어린아이들에게 동화를 금지하고, 어른들에게는 로맨스를 금지한다. 왜냐하면 이런 책들은 '인생에 대한 그릇된 그림'을 제시하기 때문이라는 것이다 ――다른 말로 표현하면 독자를 기만한다는 것이다.

나는 이기적인 성 쌓기에 관해 앞에서 이미 말했던 것이 이런 오류에 대하여 미리 대비토록 하기 위해서라고 믿는다. 언제나 속고 싶어하는 사람들이 항상 피상적으로 볼 때, 혹은 적어도 외관상 내용의 리얼리즘을 읽도록 요구한다. 확실히 그저 단순히 성 쌓은 사람들을 기만하는 그와 같은 리얼리즘을 보여 주는 것은 문학적인 독자를 결코 속일 수 없을 것이다. 그런 사람을 속이려면 보다 섬세하고, 보다 실생활과의 유사성이 요청될 것이다. 하지만 내용의 리얼리즘이 어느 정도――독자의 지성과 어느 정도 비례하여――없다면 어떤 속임수도 일어날 수 없다. 그가 진실을 말하고 있다고 여러분들이 생각하도록 만들지 않는다면 누구도 여러분을 속일 수 없다. 못 말릴 정도로 낭만적인 사람은 외관상 리얼리스틱한 사람들에 비해 속일 수 있는 힘이 훨씬 약하다. 공공연한 환상은 누구도 속일 수 없는 바로 그런 문학 종류이다. 어린아이들은 동화에 속지 않는다. 그들은 학교 이야기에 의해 흔히 심각하게 속는다. 어른들은 SF에 의해 속지 않는다. 그들은 여성 잡지에 나오는 이야기에 의해 속는다. 우리들 중 누구도 《오디세이아》《칼레발라》《베오울프》, 혹은 맬로리에게 속지 않는다. 진정한 위험은 심각한 얼굴을 한 소설 속에 잠복되어 있다. 그런 소설에서 모든 것은 대단히 그럴듯하지만 사실상 사회적이나 윤리적 또는 종교적이나 반종교적인 '인생에 대한 논평'을 이해하기 위해 모든 것이 작위적으로 고안되어 있다는 점이다. 적어도 그런 논평 중 일부는 잘못되었음이 틀림없다. 확실히 어떤 소설도 최상의 독자를 속일 수는 없다. 그런 독자는 인생을 예술로 착각하거나 철학으로 착각하는 법이 없다. 그런 독자는 독서하는 동안 그것을 수용하거나 거부하지 않고서도 저자의 관점 속으로 들어갈 수 있으며, 그의 불신을 중지시킬 필요가 있거나 아니면 그의 믿음(이것이 보다 어렵다)을 중지시킬 수 있다. 하지만 그 나머지 다른 사람들은 그런 힘이 결여되어 있다. 나는 그러한 오류에 관한 충분한 고찰을 다음장까지 미뤄 놓아야 하겠다.

마지막으로 '도피주의'라는 낙인에 관해 우리는 무엇을 말할 수 있을까?

모든 독서는 그것이 무엇이든지간에 도피의 측면이 있다는 것은 분명하다. 이때 도피는 우리의 현실적인 주변에서부터 그야말로 상상된 것이거나 인식된 것에 이르기까지 마음의 일시적인 전이 현상을 포함한다. 이런 현상은 우리가 픽션을 읽고 있을 때나 다름없이 역사나 과학을 읽을 때도 일어난다. 그와 같은 모든 도피는 동일한 **것으로부터** 기인한다. 말하자면 즉각적이고 구체적인 실재로부터 달아나는 것이다. 여기서 중요한 질문은 **어디로** 도피하는가라는 점이다. 어떤 경우는 이기적인 성 쌓기로 도피하기도 한다. 이런 도피가 그다지 이로울 것은 없다 하더라도 해롭지 않거나, 혹은 기분전환이 되거나, 아니면 잔혹하거나 호색적이고 과대망상일 수도 있다. 다른 경우는 그저 놀이로 도피하는 것인데, 정교한 예술 작품일 수도 있는 여흥으로 도피할 수도 있다. 《한여름밤의 꿈》이나 《수녀가 말하는 신부의 이야기》가 그런 경우에 해당한다. 또 다른 경우는 내가 앞에서 사심 없는 성 쌓기라고 부른 것으로 도피하기도 한다. 《아카디아》《목자들의 시레나》《늙은 수부의 노래》에 의해 유도되는 도피가 이에 해당한다. 다른 경우는 리얼리스틱한 픽션으로 도피하기도 한다. 그다지 자주 충분히 인용되지는 않지만 어떤 구절에서 크래브가 지적했다시피, 암울하고 괴로운 이야기가 독자의 현실적인 괴로움에서부터 완전히 달아날 수 있도록 해줄 수 있다는 것이다. 심지어 '인생' '현재의 위기' 혹은 '그 시대'에 우리의 관심을 붙잡아매는 픽션마저도 이런 도피를 제공할 수 있다. 결국 이 모든 도피는 **이성의 대상물**로만 존재하는 것이다. 그것은 지금 여기의 차원에서 요동치는 복통에 관하여, 채점해야 할 시험지 더미에 관하여, 내가 지불하지 못한 계산서에 관하여, 홀로 남거나 보상받지 못한 사랑의 차원에 관한 사실이 아니라는 점에서 그렇다. 이런 것들은 내가 '그 시대'를 생각하고 있노라면 다 잊혀져 버린다.

그렇다면 도피는 많은 훌륭한 독서와 나쁜 독서 모두에 공통적이다. 여기에 이즘(-ism)을 덧붙임으로써 우리는 너무 자주 도피하는 상습적인 습관이거나, 너무 오랫동안 잘못된 것을 행하거나, 혹은 적절한 행동을 취해야 할 곳에서 그런 행동 대신에 도피를 이용함으로써 실제적인 기회를 무시하거나 실제로 해야 할 의무를 방기하는 것을 암시한다고 생각한다. 만약 그렇다면 각각의 경우에 그런 도피의 장점을 판단해 보아야 한다. 가장 불가능한 지역으로 우리를 가장 멀리 끌고 가는 저자들——시드니·스펜서·모리스——은 실제 세계에서는 행동적이고 활발한 사람들이었다. 르네상스와 우리의 19세기, 그리고 문학적인 환상이 풍요한 결실을 맺은 시대는 위대한 에너지의 시대였다.

대단히 비현실적인 작품에 대한 도피주의라는 비난이 때로는 유치하다거나, 혹은 (요즘은 이렇게 말하는데) 유치증이라는 비난을 다채롭게 하거나 혹은 강화하기 시작한 이후로 그처럼 애매모호한 비난에 대한 단어로서는 그다지 부적절한 것은 아니다. 여기서 두 가지 요점을 지적할 필요가 있나.

첫째, 환상(꾸민 이야기인 동화를 포함하여)과 어린 시절 사이의 연상과 어린아이들이야말로 그런 종류의 작품을 읽는 데 적합하다는 믿음이나, 그런 것은 어린아이들에게나 어울린다고 생각하는 것은 현대적이고 지엽적이다. 대부분의 위대한 환상이나 동화는, 어린아이들을 대상으로 하는 것만이 아니라 모든 사람들에게 말을 건네는 것이다. 톨킨 교수는 이런 경우의 진정한 상태를 기술하였다. 그것은 마치 어른들 사이에서 유행이 지나가 버린 가구를 아이 방에 가져다 놓는 것이나 다를 바 없다. 동화도 이와 마찬가지이다. 어린 시절과 경이로운 이야기 사이에 특별한 유사성이 있다고 상상하는 것은, 어린 시절과 빅토리아조 소파 사이에 특별한 유사성이 있다고 상상하는 것과 흡사하다. 그것들 사이에 유사성이라고는 거의 없지만 그래도 어린아이들만이 그런 이야기를 이제 읽는다면, 어린아이들 자체가 그런 이야기를 특별히 좋아해서라기보다 그들이 문학적인 유행에 무관심하기 때문이다. 우리가 어린아이들에게서 보는 것은 특별히 유치한 취향을 가진 것이 아니라 그야말로 정상적이고 장구한 인간적인 취향일 뿐이며, 일시적으로 어른들 때문에 유행에 의해 둔감해지지 않았을 따름이다. 설명을 필요로 하는 것은 어린아이들이 아니라 바로 우리들이다. 심지어 이렇게 말하는 것조차 지나치게 많은 말을 한 것이다. 엄격히 진실을 말하자면, 어떤 어린아이들은 어떤 어른들과 마찬가지로 이 장르를 좋아한다고 말해야 할 것이다. 그리고 다른 많은 어린아이들은 다른 많은 어른들과 마찬가지로 이 장르를 좋아하지 않는다고 말해야 할 것이다. 왜냐하면 그들에게 적당한 것으로 간주된 '연령 집단'에 따라서 책을 선별하는 우리 시대의 관행에 의해 속지 말아야 하기 때문이다. 그런 작품은 문학의 진정한 본성에 관하여 그다지 호기심이 없는 사람들에 의해서, 그리고 문학의 역사에 관해 그다지 친숙하지 않은 사람에 의해서 행해진 것이기 때문이다. 그것은 학교 교사, 도서관 사서, 그리고 출판사 사무실에서 홍보 부서의 편리를 위해 대충 편승하는 법칙이기 때문이다. 심지어 그 자체로서도 대단히 오류가 많은 것이다. 그것과 모순되는(양방향에서) 사례는 날마다 일어난다.

둘째로, 우리가 부정적인 의미에서 **어린아이 같은 혹은 유치한**이라는 단어를 사용하여야 한다면, 우리는 이 단어를 성장함에 따라 보다 나아지고 보다 행복해지는 그런 어린 시절의 특성을 언급하는 것에만 국한시켜야 한다. 그래서 할 수만 있었더라면 모든 정상적인 사람들이 유지하고 싶어하는 그런 특성이나 그것을 간직함으로써 어떤 사람들에게는 행운인 그런 특성에는 적용시키지 말아야 한다. 육체적인 차원에서 볼 때 이 점은 충분히 잘 드러나 있다. 우리는 어린 시절 신체상의 미발달로부터 성장하는 것을 대단히 즐거워한다. 하지만 우리는 어린 시절의 에너지와 숱 많은 머리와 쉽게 빠져드는 잠과 신속하게 만회하는 힘을 보유하고 있는 그런 사람을 부러워한다. 하지만 이것이 다른 차원에서도 마찬가지일까? 우리가 변덕을 빨리 버리면 버릴수록, 대다수의 어린아이들이 그렇다시피 자랑스러워하고 질투하며 잔인하고 무지하고 쉽게 놀라는 것에서 빨리 벗어나면 날수록 우리를 위해, 그리고 우리 이웃을 위해 보다 좋은 법이다. 하지만 간직할 수만 있다면 지칠 줄 모르는 호기심과 강렬한 상상력, 불신 중지의 용이함과 망가지지 않은 식욕, 쉽사리 느끼는 경외감과 연민과 존경심을 간직할 수만 있다면 누군들 간직하지 않고 싶겠는가? 성장하는 과정은 우리가 상실하는 것에 의해서가 아니라 얻는 것에 의해 평가되는 것이다. 현실적인 것에 대한 취향을 획득하지 못한다는 것은 나쁜 의미에서 어린아이 같은 것이다. 경이와 모험에 대한 취미를 상실하는 것은 우리의 치아를 잃어버리고 우리의 머리카락과, 우리의 식욕과, 마침내는 우리의 희망을 잃어버리는 것이나 마찬가지로 축하할 일이 못된다. 미성숙으로 인한 결함에 대해서는 그처럼 많이 들으면서, 노령의 결함에 관해서는 왜 그처럼 말들이 거의 없는가?

따라서 어떤 작품이 유치하다고 비난할 때, 우리는 그것이 의미하는 바가 무엇인지에 관해 대단히 주의해야 한다. 유치한 취향이 제공하는 것이 대체로 인생의 어린 시절에 나타나는 것이라는 의미에 한정하는 것이라면, 그것이 책에 관해 반대할 이유는 아무것도 없다. 나쁜 의미에서 취향이 유치하다면 그런 취향이 어린 시절에 개발된 때문이 아니라, 그 자체 안에 내재적인 결함을 가지고 있기 때문에 가능하면 일찍 소멸되어야 한다. 우리는 그런 취향을 '유치한' 것이라고 부른다. 왜냐하면 오직 어린 시절에 그런 취향을 흔히 성취하기 때문이 아니라, 단지 어린 시절에만 그것을 행사할 수 있기 때문이다. 더럽고 지저분한 것에 무관심한 것은 '유치하다.' 왜냐하면 그것이 불건강하고 불편하기 때문에, 따라서 가능한 빨리 벗어나야 할 것이기 때문이다. 빵과 꿀에 대한 취향은, 비록 야채 먹는 시절에도 똑같이 공통된 습관이기는 하지만 유치한 것이 아니다. 만화책에 대한 취향은 극히 어린 시절에만 용서할 만한 것이다. 왜냐하면 그것은 끔찍한 그림과 적나라한 인간의 조잡함과 이야기 줄거리의 무미건조함에 순응하는 것과 관련되어 있기 때문이다. 만약 경이로운 것에 대한 취향을 동일한 의미에서 유치한 것이라고 부를 작정이라면, 그와 마찬가지로 경이로운 것의 내재적인 해악을 보여 주어야만 한다. 우리의 다양한 특징이 자라는 그 시절은 그런 것들의 가치를 측정하는 계량기가 아니다.

만약 그랬더라면 매우 재미있는 결과가 뒤따르게 되었을 것이다. 유치함을 경멸하는 것보다 더 유치한 특징은 어디에도 없다. 여덟 살짜리는 여섯 살짜리를 경멸하면서 자기가 그처럼 큰 소년이 된 것에 기뻐한다. 남학생은 어린아이가 되지 않겠다는 데 대단히 단호하다. 대학교 신입생은 남자 고등학생처럼 되지 않으려고 단단히 결심한다. 젊은 시절의 모든 특징에 대한 장점을 꼼꼼하게 조사하지 않고 우리가 그런 것을 일소하도록 단단히 마음먹어야 한다면, 우리는 젊은 시절의 특징적인 만성적 속물근성과 더불어 시작하게 될지도 모른다. 어른이 되는 것에 대해 그처럼 중요성을 부여하면서 젊은이들과 우리가 공유하고 있는 즐거움에다 공포와 수치심을 주입하는 비평은 과연 어떻게 되겠는가?

8

문학적인 사람들에 의한 오독

우리는 이제 마지막장에서 내가 미루어두었던 문제로 되돌아가야 한다. 우리는 문학적인 사람과 비문학적인 사람 사이의 구분을 곧장 넘어서는 독서에서 나타난 결함을 고려해 보아야 한다. 전자의 일부는 그런 결함에 책임이 있고, 후자의 일부는 그런 결함에 책임이 없다.

근본적으로 그것은 인생과 예술 사이에 초래된 혼란으로 인한 것이며, 심지어 예술의 존재 그 자체를 전혀 허용하지 못하는 데서 비롯된 혼란이다. 예술의 존재 자체를 인정하지 못하는 가장 조잡한 형태는, 무대에 선 '악당'을 쏘아죽였던 시골 영감에 관한 오래된 이야기에서 조롱의 대상이 되고 있다. 우리는 센세이셔널한 이야기를 원하면서 '뉴스' 거리를 제공하지 않는 것을 받아들이려고 하지 않는 그런 최저 수준의 독자에게서 이런 점을 찾아볼 수 있다. 이런 태도는 그보다 조금 높은 단계에서 모든 책은 기본적으로 좋은 것인데, 왜냐하면 책들은 우리에게 지식을 주고 '인생'의 '진리'를 가르쳐 주기 때문이라는 믿음으로 나타난다. 극작가와 소설가들은 마치 그들이 신학자와 철학자에게서 기대될 법한 것을 행한 듯이 칭송받는다. 그들의 작품이 발명으로서, 그리고 고안된 의도로서 가질 수 있는 특질은 무시된다. 그들(극작가·소설가)은 스승으로서 존경받으며, 예술가로서는 그다지 충분히 인정받지 못한다. 한 표현을 예로 들자면, 드 퀸시의 '권력의 문학'은 '지식의 문학' 안에서 특정한 유형으로 취급당한다.

우리는 픽션을 지식의 원천으로 취급하는 한 가지 방식을 배제하고 시작해야 할 것이다. 픽션을 지식의 원천으로 삼는 태도는 엄격하게 말해서 문학적인 태도는 아니지만, 그래도 특정한 연령에서는 용납할 만한 것이며, 대체로 일시적인 현상이기도 하다. 12세에서 20세 사이에 우리들 중 거의 모두가 소설로부터 우리가 살고 있는 세상에 관하여, 물론 잘못된 정보도 많기는 하지만 어쨌거나 엄청난 정보를 획득한다. 음식, 의복, 관습, 다양한 나라의 기후, 다양한 전문 직업의 작업, 여행 방법, 예의 범절, 법, 정치적인 기구 등에 관해서 정보를 얻는다. 우리는 인생철학에 관한 지식을 얻었던 것이 아니라 '전반적인 지식'이라고 부를 만한 것을 얻는다. 특별한 경우에는 심지어 성인 독자들에게도 이런 목적에 봉사할 수 있다. 잔인한 나라에 사는 주민들은 우리 나라의 탐정 소설(이런 의미에서 탐정 소설은 진정한 문명의 위대한 증거가 된다)을 읽음으로써 어떤 범인이 유죄로 입증될 때까지는 무죄라는 우리의 법 원칙을 파악할 수도 있다. 하지만 일반적으로 이와 같은 픽션의 용도는 우리가 자라나면서 버리게 된다. 픽션이 충족시켜 주었던 호기심은 만족되거나, 아니면 그저 소멸해 버린다. 혹은 완전히 성장하고 난 뒤에도 그런 호기심이 남아 있다면, 보다 믿을 만한 자료를 통해 호기심을 만족시킬 것이다. 이로 인해 우리가 젊은 시절에 그랬던 것보다 소설책을 훨씬 덜 집어드는 한 가지 이유가 된다.

이 특별한 경우에서 일단 벗어나게 되면, 우리는 이제 진짜 주제로 되돌아갈 수 있게 된다.

비문학적인 사람 중 일부는 예술을 실제 인생의 설명이라고 잘못 오해하고 있음이 확실하다. 우리가 이미 살펴보았다시피, 이기적인 성 쌓기 독서를 수행하는 그런 사람들은 필연적으로 이런 오독을 할 것이다. 그들은 속고 싶어한다. 그들은 이처럼 아름다운 일들이 실제로 그들에게 일어나지 않는다 하더라도 그럴 수도 있다고 느끼고 싶어한다. ("그가 나에게 반할지 누가 알아. 소설에서 공작이 공장 소녀에게 반하듯이 말이야.") 하지만 비문학적인 사람 중 많은 사람들은 이런 상태가 전혀 아닐 수 있음 또한 마찬가지로 분명하다. 그들은 사실상 이런 오류로부터 가장 안전한 사람들이기도 하다. 식료품 가게 아저씨나 정원사에게 실험을 해보라. 책에 관해서는 실험할 수 없을 것이다. 왜냐하면 그들은 좀처럼 책을 읽지 않기 때문이다. 하지만 영화에 관해서라면 소기의 목적을 성취할 수 있다. 만약 여러분이 해피엔딩은 개연성이 전혀 없는 것이라고 불평을 하면, 그는 아마 이렇게 대답할 것이다. "아, 내 생각에 그런 해피엔딩을 집어넣은 건 그렇게 결말을 맺고 싶었던 게지요." 만약 여러분이 그런 멍청하고 말도 안 되는 연애 사건을 왜 남성적인 모험 이야기에 집어넣느냐고 불평한다면, 그는 대답할 것이다. "아, 그게 그러니까 연애 사건을 많이 집어넣는 건 여자들이 그런 걸 좋아하니까 그렇지요." 그는 영화가 지식이 아니라 예술이라는 것을 완벽하게 알고 있다. 어떤 의미에서 보자면, 그의 비문학성이 예술과 지식 사이의 혼란으로부터 그를 구출해 준 것이다. 그는 영화가 일시적인 것이라 그다지 중요하지 않는 오락이라는 것 외에 그다지 영화로부터 기대하지 않는다. 그는 어떤 예술도 이것 이상을 제공해 줄 수 있다고 꿈조차 꾸지 않는다. 그가 영화관에 가는 이유는 무엇을 배우기 위해서가 아니라 휴식을 위해서이다. 실제 세계에 관한 그의 의견이 영화관에서 본 것으로 인해 수정될 수도 있다는 생각은 본말이 전도된 것처럼 그에게 느껴질 수 있다. 예술로부터 인생으로 대화의 방향을 바꾸면——그와 더불어 가십을 하고, 그와 더불어 흥정을 한다면——여러분은 그가 여러분이 원하는 것만큼 대단히 기민하고 현실적이라는 사실을 알게 될 것이다.

이와는 반대로 문학적인 사람들 가운데서 우리는 미묘하고도 교묘한 방식으로 저지르는 잘못을 발견하게 될 것이다. 내 학생들이 비극(학생들은 비극에 관해 자발적으로 그다지 많이 언급하지도 않는다)에 관해 토론했을 때, 나는 비극이 보다 가치가 있으며 관람하고 읽을 만한 가치가 있는데, 그 이유인즉 주로 비극이 비극적인 '세계관'이나 '인생'의 '의미'와 '철학'이라고 부를 만한 것에 관해 대화를 나누기 때문이라는 믿음을 종종 발견해 왔다. 이런 내용은 다양한 방식으로 설명되지만, 가장 널리 퍼진 해석은 두 가지 전제 조건으로 구성되는 것처럼 보인다. (1) 엄청난 불행은 핵심적인 수난자에게 있는 결함으로 기인한 것이다. (2) 이런 불행을 극단까지 밀고 나가면, 인간과 더불어 심지어 이 우주 안에서 특정한 광휘가 있다는 것을 우리에게 드러내 보여 준다는 명제가 바로 그것이다. 비록 고뇌가 엄청나지만, 적어도 그런 고뇌는 너저분하거나 무의미하거나 그저 비참한 것만은 아니다.

그와 같은 원인과 그와 같은 결말을 가진 불행이 실제 인생에서 일어날 수도 있다는 것을 부인할 사람은 아무도 없다. 하지만 비극이 '이것이야말로 인간 불행의 전형적이거나 통상적이거나 궁극적인 형태'라는 결론을 이끌어 낸다는 그런 의미에서 인생에 관한 논평으로 간주된다면, 그런 비극은 가지고 싶어 소망하는 달빛이 된다. 등장 인물이 가진 결함이 고통을 야기하기도 한다. 하지만 폭탄 투하·총검·암·소아마비·독재자·난폭한 운전자 혹은 정말 무의미한 우연 등이 그보다 더한 불행을 초래할 수 있다. 고난은 그밖의 어느 누구나 마찬가지로 쉽게 잘 적용하고, 신중하며 고결한 사람에게도 몰아닥친다. 어떤 불행도 극장의 커튼이 내려오고, 북이 울리면서 '평정한 마음으로 모든 열정이 소모된 채' 끝나지 않는다. 죽어가는 사람은 위엄 있는 마지막 연설을 하는 경우가 거의 드물다. 죽어가는 그들을 지켜보는 우리는 비극의 죽음 장면에서 보여 주는 조연 배우들처럼 그렇게 행동하지 않는다. 불행하게도 연극은 끝나지 않기 때문이다. **전원 퇴장**으로 끝날 수 없기 때문이다. 진짜 이야기는 끝나지 않는다. 진짜 이야기는 장의사에게 전화를 걸고, 계산서를 지불하고, 사망진단서를 떼고, 유언을 찾아서 확인하고, 위로의 편지에 답장을 보내는 절차로 진행된다. 아무런 장려함도 피날레도 없다. 진짜 슬픔은 단발의 총성과 흐느낌으로 끝나지 않는다. 가끔은 단테와 같은 영혼의 여정이 끝난 뒤, 중심으로 내려갔다가 다시 한 계단 한 계단 받아들인 고통의 산꼭대기를 향해 올라감으로써 평화 속으로 오를 수도 있다. 하지만 그 평화가 고통 자체보다 결코 덜 가혹한 것이 아니다. 때로 고통은 평생 동안 남아서 마음에 고인 웅덩이가 되어 점점 더 커지고 더 얕아지고 보다 불건전해지게 된다. 때로 이런 고통은 다른 기분과 마찬가지로 점차로 소멸되기도 한다. 이런 대안 중 하나는 장대함을 가지고 있지만 비극적인 장대함은 아니다. 그 나머지 두 가지 대안——추하고 느리고 진부하고 인상적이지도 못한——은 극작가들에게 아무런 소용도 없다. 대체로 그렇다시피 비극 작가는 고뇌와 옹졸함을 적당히 혼합하거나, 혹은 온갖 무례와 슬픔에 대한 무관심(연민에 관한 것은 제외하고)을 혼합하여 그것을 고통의 총체성으로 감히 제시하지 못한다. 그렇게 되면 그의 연극을 망치게 될 것이다. 비극 작가는 그의 예술이 필요로 하는 것만을 실재로부터 선택한다. 연극이 필요로 하는 것은 예외적인 것이다. 그와는 반대로 실제 세계에서 경험하는 진정한 슬픔에 빠진 사람에게 비극적인 위엄에 관한 생각을 가지고 접근하거나, '왕홀과 귀족의 문장'을 가지고 있는 것처럼 빗대어 말하는 것은 백치 같다기보다는 잘못된 일이다. 그런 접근은 오히려 밉살스러운 것이 될 것이다.

아무런 슬픔이 없었던 세상 다음으로 우리는 슬픔이 언제나 의미심장하며 숭엄한 것이었던 그런 세계를 좋아해야 될 것이다. 하지만 '인생의 비극적인 세계관'이 우리가 그와 같은 세계에서 살고 있는 것처럼 믿게 만들어 준다면, 우리는 쉽사리 기만당할 것이다. 우리의 이 두 눈이 보다 잘 가르쳐 준다. 삼라만상 중에서 울음으로 일그러지고 눈이 퉁퉁 부은 성인 남자의 얼굴보다 더 흉하고 품위 없는 것이 어디에 있겠는가? 그 뒤에 있는 것은 그다지 아름답지는 않다. 그곳에는 왕홀도 귀족의 문장도 없다.

인생철학으로 받아들일 때, 비극은 가장 완강하고 모든 소망 충족의 가장 잘 변장된 형식이라는 것을 부정할 수 있는 사람은 없는 것처럼 보인다. 왜냐하면 비극의 핑계가 외관상 너무나 그럴듯하기 때문이다. 주장인즉 비극이 최악의 사태와 직면하고 있다는 것이다. 최악의 사태에도 불구하고 어떤 위엄과 의미가 남아 있다는 결론은, 따라서 자기 의지와 반대로 말하는 것처럼 보이는 증인의 증언과 같이 설득력이 있다. 하지만 비극이 최악과 직면해 왔다는 주장은——하여튼 가장 흔한 형태의 '최악'의 사태——내가 생각하기에는 그야말로 잘못된 주장일 뿐이다.

이런 주장이 특정한 독자들을 기만하는 것은 비극 작가의 잘못은 아니다. 왜냐하면 비극 작가들이 그런 주장을 한 적이 없었기 때문이다. 그런 주장을 한 사람은 다름 아닌 비평가들이다. 비극 작가들은 그들이 실천하는 예술에 적합하도록 자기 주제에 맞춰서 이야기를(흔히 이런 이야기들은 신화적이고 불가능한 것에 기초를 두고 있다) 선택한다. 개념 정의상 그와 같은 이야기는 비전형적이고 놀랄 만한 것이며, 목적에 합당하도록 다양한 방식으로 선택될 것이다. 숭엄과 만족시켜 주는 **피날레**를 가진 이야기는 그와 같은 **피날레**가 인간 불행의 특징이기 때문이 아니라, 그것이 훌륭한 드라마에 필수적인 것이기 때문에 선택되어졌다.

아마도 비극에 관한 바로 이런 견해로부터 많은 젊은이들은 비극이 희극보다 근본적으로 '인생에 더욱 진실한' 것이라는 믿음을 이끌어 낸다. 이것은 전적으로 사실무근인 것처럼 보인다. 비극이건 희극이건 이런 각각의 형식은 그것이 필요로 하는 그런 종류의 사건을 실제 인생으로부터 선택한다. 어쨌든 원자재는 우리 주변에 흩어져 있고, 혼재되어 있다. 이 두 가지 연극을 만들어 내는 것은 철학이 아니라 선택과 고립과 패턴이다. 이 두 가지 산물은 같은 정원에서 꺾은 두 개의 꽃다발 이상으로 서로 모순을 일으키지 않는다. 모순은 우리(극작가가 아니라)가 그런 드라마들을 "인생이란 이런 것이구나"와 같은 명제로 전환시킬 때 비로소 초래된다.

코미디가 비극보다 덜 진실한 것으로 생각하는 바로 그 사람들이 노골적인 소극을 리얼리스틱한 것으로 종종 간주한다는 것은 기이하게 보인다. 나는 《트로일러스》에서 《파블리오》로 방향을 전환하게 됨에 따라 초서가 점차 현실로 나아가게 되었다고 생각하는 입장과 종종 마주치게 된다. 내가 생각하기에 이런 견해는 묘사의 리얼리즘과 내용의 리얼리즘을 구별하지 못했기 때문에 초래된 것이다. 초서의 소극에서 묘사의 리얼리즘은 풍부하다. 하지만 내용의 리얼리즘에서는 전혀 그렇지 않다. 마찬가지로 크리스드와 앨리선은 개연성이 있는 여성들이다. 하지만 《트로일러스》에서 일어난 것은 《물방앗간 주인의 이야기》에서 일어난 것보다 개연성이 많다. 소극의 세계가 목가적인 세계보다 덜 이상적인 것은 아니다. 농담의 천국에서는 그야말로 말도 안 되는 우연이 수용되는 곳이며, 그 모든 것들이 합쳐져서 웃음을 산출하는 곳이다. 실제 생활에서의 웃음은 잘 만들어진 소극에서 대단히 재미가 있다 하더라도 몇 분 이상 남아 있거나 그 이상으로 성공하는 적은 거의 드물다. 바로 그런 이유로 인해 사람들은 실제 상황의 희극성을 "연극처럼 좋은데"라고 말하는 것 이상으로 인정할 수 없다고 느끼게 된다.

예술의 세 가지(비극·코미디·소극) 형태 모두 그에 적합한 것을 추상하여 배제한다. 비극은 대체로 실제 슬픔으로부터 품위를 빼앗아 버림으로써 현실적인 불행과 산문적인 옹졸함의 외관상 어색하고 무의미한 괴로움을 생략해 버린다. 코미디는 연인들의 결혼이 영원하거나 완벽한 행복에 결코 도달할 수 없다는 가능성을 무시한다. 소극은 실제 상황이었더라면 충분히 연민을 받을 만한 입장에서 연민을 배제한다. 이 세 가지 예술 장르 중 어느것도 인생 전반에 관해 진술하지 않는다. 그들 모두는 구성된 작품이다. 실제 인생으로부터 **추출한** 자료를 가지고 만들어진 구성품이다. 따라서 인생에 대한 논평을 한다기보다 인생에 뭔가를 덧붙이는 것이다.

이 지점에서 나는 오해받지 않도록 애써야 한다. 위대한 예술가는——어떠한 일이 있더라도 하여튼 위대한 예술가는——그의 느낌에서든지, 혹은 그의 사상에서 천박할 수 없다. 그가 선택한 이야기가 아무리 그럴듯하지 않고 비정상적이라고 할지라도 그의 손안에서, 말하자면 '생명을 부여받게' 될 것이다. 그렇게 하여 소생된 인생은 저자가 가지고 있는 모든 지식·지혜·경험과 더불어 잉태되게 될 것이다. 내가 대단히 모호하게 실제 인생이 그에게 제공해 준 풍미나 혹은 '느낌'으로 묘사한 어떤 것 이상을 제공해 줄 것이다. 이것은 엉터리 작품을 엮어서 견딜 수 없게 만들어 준다면, 좋은 작품을 강장제로 만들어 주는 어디서나 편재하는 그런 풍미나 느낌이다. 좋은 작품은 열광적인 건전함을 일시적으로 우리가 공유하도록 해준다. 또한 우리는 그런 작품들 속에서 많은 심리적인 진실과 심오한, 적어도 심오하게 느껴지는 그런 반영——이것은 보다 덜 중요한 것이기는 하지만——을 발견하게 될 수도 있다. 하지만 이 모든 것은 우리에게 다가오며, 예술 작품이나 연극의 '영혼'(이 단어를 유사 화학적인 의미로 사용하면서)으로서 시인에게 요청되어 나타난 것이었다. 그런 영혼을 철학으로 공식화하는 것은 비록 그것이 합리적인 철학이라고 하더라도, 철학으로 공식화하는 것과 실제 연극을 주로 그런 철학을 위한 도구로 간주하는 것은 시인이 우리를 위해 만들었던 것을 유린하는 행위이다.

나는 **어떤 것**이나 **만들었다** 등의 단어를 의도적으로 사용한다. 우리가 앞에서 이미 언급은 했지만 대답을 하지 않았던 질문, 즉 시는 '존재하는 것이지 의미하는 것'이 되어서는 안 되는지에 관해 물어보았다. 훌륭한 독자가 비극을——대문자 비극과 같이 추상화된 것에 관해서는 많이 거론하지 않는다——단지 진리를 포착하기 위한 도구로 취급하는 것을 경계토록 해주는 것은, 이 비극이 수단일 뿐만 아니라 존재 그 자체라는 지속적인 인식이다. 비극이 단지 **로고스**(말해진 어떤 것)가 아니라 **시**(만들어진 어떤 것)라는 점을 명심해야 한다. 소설이나 줄거리가 있는 시에서도 이 점은 마찬가지이다. 이들은 복잡하고 정성들여 만들어진 대상이다. 있는 그대로의 대상에 관심을 기울이는 것이 우리의 첫 단계이다. 이들 작품이 우리에게 제시하고 있는 것이나, 우리가 그것으로부터 이끌어 낼 수 있는 윤리도덕을 반영하고 있기 때문에 주로 이들 작품을 가치 있게 보는 것은 '받아들이는 것'이 아니라 '이용하는 것'의 오만한 사례가 된다.

'대상'이라는 말로 내가 의미하는 것을 신비스럽게 남겨둘 필요가 없다. 모든 훌륭한 픽션에서 거둔 가장 중요한 성취는 진리나 철학이나 세계관 같은 것과는 아무런 상관이 없다. 그것은 두 가지 전혀 다른 질서를 성공적으로 조정한 것이다. 한편으로 이런 사건들(단순한 플롯)은 그들 나름의 연대기적이고 인과적인 질서를 가지고 있으며, 실제 생활에서도 그런 것들이 있을 것이다. 다른 한편으로 작품에 나타난 모든 장면이나 여러 가지 분할은 디자인의 원칙에 따라 서로간에 연결되어 있어야 한다. 교향곡에서의 동기와 그림에서의 매스처럼 말이다. 우리의 느낌과 상상력은 '다정한 변화와 더불어 지탱되고 있는 취향에 연이은 취향을' 통해 진척되어야만 한다. 보다 어두운 것과 보다 밝은 것, 보다 빠른 것과 보다 느린 것, 보다 세련된 것과 보다 단순한 것 사이의 대조(또한 예감과 반향)는 균형과 같은 것이 되어야 하지만, 너무 지나치게 대칭적이지 않음으로써 작품의 전체 형태는 필연적이고 만족스러운 것으로 느껴지게 된다. 하지만 이 두 번째 질서와 첫번째 질서를 혼동해서는 안 된다. 《햄릿》의 처음에 '망루'에서 궁정 장면으로의 전환, 아이네아스의 《아이네이스》 Ⅱ, Ⅲ에서 서사의 장소 일치, 《실락원》의 처음 두 권에서 나오는 어둠 등은 단순한 묘사에 불과하다. 하지만 아직까지 또 다른 요구 사항이 있다. 오로지 다른 것들을 위해 존재하는 것은 가능한 한 줄여야 한다. 모든 에피소드·설명·묘사·대화——이상적으로 말하자면 모든 문장——는 그 나름의 존재 이유와 즐거움·흥미를 가지고 있어야 한다. (콘래드의 《노스트로모》에서 결점은 우리가 핵심 주제로 들어가기 전에 그처럼 무수히 많은 유사 역사를 읽어야만 하는데, 사실 오직 이 핵심 주제를 위해서 이런 역사가 존재하고 있다는 점이다.)

혹자는 이것을 '단지 기술적인' 것으로 도외시할 수 있다. 우리는 이런 식의 질서 부여가 그것이 질서를 가지고 있다는 것을 별도로 친다면, '단지'라고 하기에는 그 이상으로 잘못이라는 점에 틀림없이 동의해야 한다. 이런 것들은 비실체이다. 그것은 마치 육신과 분리되어 누구의 형태인지 모르게 된 형태가 비실체인 것과 마찬가지이다. 그것은 조각가의 '인생관'을 선호하여 조각의 형태를 무시하면서 조각을 '감상하는 것'이 자기 기만인 것과 마찬가지이다. 바로 그 형태에 의해 조각은 조각이 된다. 그것이 오로지 조각이기 때문에 우리는 비로소 조각가의 인생관을 언급하게 되는 것이다.

위대한 연극이나 서사가 우리에게 일깨워 주는 질서 정연한 운동을 우리가 경험했을 때——우리가 그런 춤을 추었을 때, 혹은 그런 의식을 수행하거나 패턴에 따라갈 때——그것이 우리에게 대단히 많은 흥미있는 반영을 제시하는 것은 대단히 자연스러운 것이다. 우리는 그와 같은 행위의 결과로 '정신적인 근육'을 입게 된다. 우리는 그런 정신적인 근육에 대해 셰익스피어와 단테에게 감사해야 할지도 모른다. 하지만 우리는 그들에게 우리가 그것에서 이끌어 내는 철학적이거나 윤리적인 용도를 만들어 낸 사람으로 돌리지 않는 것이 낫다. 첫째로 그와 같은 용도는 우리 자신의 일상적인 차원——약간은 그 이상으로 올라갈 수도 있겠지만——이상으로 올라갈 것 같지 않기 때문이다. 사람들이 셰익스피어로부터 인생에 관해 이끌어 낸 무수한 논평들은, 셰익스피어의 도움이 없었더라도 평범한 재능만으로도 도달할 수 있었다. 또 다른 문제로 작품 그 자체에 관한 미래의 수용에 방해가 될 수 있다는 것이다. 우리는 작품 그 자체에 신선하게 다시 침잠하기 위해서가 아니라, 그 작품이 우리에게 가르쳐 주는 이런저런 교훈에 대한 믿음을 좀더 확신하기 위해 주로 이들 작품으로 되돌아간다. 우리는 마치 주전자 물을 끓이거나 방을 데우기 위해서 불을 지피는 것이 아니라, 그가 어제 보았던 그 그림과 동일한 것을 찾아내고 싶은 희망으로 불을 지피는 사람과 유사할 수 있다. 텍스트가 단호한 비평가에게 '오직 융통성 있는 것'——모든 것은 상징이나 아이러니 혹은 애매성이 될 수 있기 때문에——이 될 수 있기 때문에, 우리는 우리가 원하는 것은 무엇이든지 쉽게 찾아낼 수 있을 것이다. 이와 같은 접근에 반대하는 지고의 이유는 모든 예술에 대한 대중적인 이용에 반대하는 데 있다. 우리는 작품과 더불어 작업하느라 너무나 바쁜 나머지 작품이 우리에게 영향을 미칠 기회를 거의 주지 못한다. 따라서 우리는 오직 우리 자신만을 작품 속에서 만날 뿐이다.

하지만 예술의 주요한 작용 중 하나가 바로 반사된 얼굴로부터 우리의 시선을 옮길 수 있도록 해주고, 자신 속에만 빠져드는 그런 고독으로부터 우리를 구출해 주는 것이다. 우리가 '지식의 문학'을 읽을 때, 우리는 결과적으로 보다 정확하고 보다 분명하게 생각하고 싶어한다. 상상적인 작품을 읽으면서 우리는 다른 사람들의 의견, 태도, 느낌, 총체적인 경험으로 들어갈 때보다 우리 자신의 의견을 변경하려는 관심을——물론 때로는 이런 효과를 초래하기도 한다——훨씬 덜 가지게 된다고 나는 생각한다. 일상적인 의미에서 루크레티우스와 단테를 읽음으로써 유물론과 유신론이 주장하는 것 사이의 차이를 결정하려고 하겠는가? 하지만 문학적인 의미에서 유물론자가 된다거나, 아니면 유신론자가 되는 것에 관해서 엄청 많은 것을 이들 작품으로부터 즐겁게 배우지 않을 자가 어디 있겠는가?

좋은 독서에서는 '신념의 문제'라는 것은 없다. 나는 (대체로) 루크레티우스(유신론)에 찬성했던 시기에 루크레티우스와 단테를 다같이 읽었다. 그리고 난 다음 (대체로) 단테의 입장에 찬성하게 되었던 이후에 또다시 이들 작품을 읽었다. 이런 독서가 나의 경험을 그다지 많이 변경시켰다고는 생각지 않는다. 아니 나의 가치 평가와 경험 그 어느것도 그다지 변경시키지 않았다. 문학을 진정으로 사랑하는 자는 정직한 시험관과 같아서, 그가 의견을 달리하거나 심지어 혐오하는 그런 관점에서 논리를 전개하면서도 조직적이고 설득력 있는 시험지에 최고의 점수를 줄 준비가 되어 있는 시험관 같은 사람이다.

내가 여기서 항의한 그런 오독의 종류는 학술적인 원칙으로서 '영문학'의 중요성이 증가되면서 불행하게도 권장되고 있다. 문학 연구가 대단히 재능이 있고 영리하고 특히 근면하지만, 그들의 진정한 관심사는 특히 문학적이지 않은 사람들이 하는 방향으로 나아가고 있다. 책에 관해서 끊임없이 말을 하지 않을 수 없다 보니 그들이 할 수 있는 일이라고는 그들이 논의할 수 있는 대상으로 책을 만들어 버리는 것이다. 그러다 보니 그들에게 문학은 종교가 되고 철학이 되며, 윤리학파가 되고 심리요법이 되고 사회학이 된다. 말하자면 예술 작품의 전집이 아닌 것은 무엇이든지 그들의 연구 대상이 된다. 가벼운 작품들——**기분 전환용 오락**——은 아예 경멸당하거나, 아니면 작품의 실제보다 훨씬 더 진지한 것처럼 오독된다. 하지만 문학을 진정으로 사랑하는 자에게 정교하게 잘 만들어진 **오락물**은 위대한 시인의 저술이라고 그럴듯하게 속여 '인생철학'을 논의하는 작품보다 훨씬 더 존중할 만한 것이다. 무엇보다 잘 만들어진 오락물은 만들기가 훨씬 힘들다.

그들이 좋아하는 소설가나 혹은 시인들로부터 그와 같은 철학을 추출해 내는 모든 비평가들이 아무런 가치 없는 작품을 산출하고 있다는 말은 아니다. 이들 비평가는 그들이 생각하기에 지혜롭다고 본 것을 자신이 선택한 저자들의 덕분으로 돌린다. 그런 비평가에게 지혜로운 듯 보이는 것이 사실 비평가 자신의 잣대로 재단한 것임은 물론일 것이다. 만약 그가 바보라면 어리석음을 찾아내서 공경할 것이고, 만약 그가 평범한 사람이라면 진부한 것을 선호하게 될 것이다. 하지만 그 비평가 자신이 심오한 사상가라면, 그가 저자의 철학이라고 주장하고 설파하는 것은 읽어볼 만한 가치가 있을 것이다. 심지어 그것이 비록 비평가 자신의 것이라고 하더라도 말이다. 우리는 이런 비평가를 성직자와 비교할 수 있을 것이다. 말하자면 이때 비평가는 그들 텍스트의 논리 속에서 웅변적인 설교를 구축해 나가는 일련의 설교자들과 비교해 볼 만하다. 그런 설교는 비록 주석이 부적절한 것이라 할지라도 그 나름대로 종종 훌륭한 설교였다.

9
조 사

내가 전개하려고 하는 입장을 아래와 같이 요약하는 것이 편리할 것 같다.

1) (무슨 예술이든지간에) 예술 작품은 '수용되거나' 아니면 '이용될 수 있다.' 우리가 예술 작품을 수용할 때, 우리는 우리의 오감을 발휘하며 예술가에 의해 발명한 패턴에 따라 그밖의 다양한 힘을 발휘한다. 우리가 예술을 '사용할' 때에 우리는 그것을 우리 자신의 활동을 위한 보조 수단으로 취급한다. 오래된 이미지를 사용하자면, 전자(예술의 수용)는 우리가 여태까지 결코 탐험했던 적이 없었던 길을 알고 있는 사람이 자전거로 우리를 안내하는 것과 유사하다면, 후자(예술의 사용)는 우리 자전거에다 작은 모터를 부착한 다음 우리가 익히 알고 있는 익숙한 길을 가는 것과 흡사하다. 이런 타기는 그 자체로 좋을 수도 나쁠 수도, 혹은 무관심한 것일 수도 있다. 많은 사람들이 예술로부터 만들어 내는 '용도'는 내재적으로는 조잡하고 타락한 것이며 병적인 것일 수도, 아닐 수도 있다. 경우에 따를 수 있다. '사용하는 것'은 '수용'보다 열등한데, 왜냐하면 예술이 수용되는 것이라기보다 사용되는 것이라면, 그것은 단지 우리 인생을 편리하게 해주며 안도시켜 주고 일시적으로 통증을 완화시켜 주는 것이지, 인생에 무엇을 첨가하는 것이 아니다.

2) 문제의 예술이 문학일 때 복잡한 문제가 야기된다. 왜냐하면 의미심장한 단어를 '수용한다는 것'은 어떤 의미에서 보자면 그런 단어를 '사용하는 것'이며, 그런 단어를 경험하고 그것을 넘어서서 그 자체로서는 언어적이 아닌 어떤 것을 상상하는 것이다. 여기서 이 구분은 다소 다른 형태를 택하게 된다. 이 상상된 어떤 것을 **내용**이라고 하자. '사용자'——지루하고 고통스러운 시간을 때우는 여가 선용으로서 혹은 수수께끼로서 성 쌓기하는 데 도와 주는 것으로, 아마도 '인생철학'을 위한 자원으로서——는 이런 내용을 사용하고 싶어한다. '수용자'는 그 안에서 휴식하고 싶어한다. 그런 사람에게 예술은 적어도 일시적으로나마 목적이 된다. 그런 방식은 (위로는) 종교적인 명상과 비교될 수 있고, (아래로는) 게임과 비교될 수 있다.

3) 하지만 역설적으로 이 '사용자'는 말뜻 그대로의 의미에서 결코 충분히 사용하지 못하고, 사실상 정말로 충분히 사용될 수 없었던 단어를 선호한다. 내용을 대단히 조야하게, 그리고 손쉽게 이해하는 데는 이 단어만으로도 충분하다. 왜냐하면 그런 사람은 현재 자기의 필요를 위해서만 사용하기를 원하기 때문이다. 그 단어로서 보다 정확하게 이해하는 것이 무엇이든지간에 그는 그런 정확한 이해를 무시한다. 그 단어가 요구하는 것이 무엇이든지간에 그것은 장애물일 뿐이다. 그에게 단어는 단순한 지시봉이거나 신호 간판이다. 다른 한편 좋은 책을 훌륭하게 읽는 데 있어서, 비록 그 단어들이 무엇인가를 지시하기는 하지만, '지시한다'는 것이 너무 지나치게 조잡한 이름일 만큼 무언가 중대한 것을 수행한다. 단어들은 마음의 의지 위에 정교하고 세밀하게 부과된 강박이며, 고로 매료될 수 있는 것이다. 그로 인해 문

체와 연관시켜 '마술적인' 혹은 '주술적인 환기'라는 단어를 말하는 것은, 그저 정서적인 은유를 사용한 것이 아니라 너무나 적절한 은유를 사용한 것이 되는 이유가 여기에 있다. 다시 한 번 우리가 '색채' '향미' '감촉' '냄새' 단어들의 '질주'와 같은 단어를 말하도록 내몰리는 이유가 여기에 있다. 내용과 단어의 필연적인 추상화가 위대한 문학에 그처럼 폭력적인 이유가 바로 여기에 있다. 단어는 걸치는 옷감 이상이며, 심지어 내용의 구현 이상이라고 우리는 항변하고 싶다. 그리고 이것은 사실이다. 그것은 오렌지의 형태와 색깔을 분리하려고 하는 것과 같다. 하지만 어떤 목적을 위해 우리는 사고 속에서 그것을 분리해야 한다.

4) 왜냐하면 훌륭한 단어는 그처럼 매혹적인 것이기 때문에, 따라서 등장 인물의 모든 갈라진 틈새 속으로 우리를 인도하거나 혹은 구체적으로 만질 수 있도록 만들어 주며, 개별적인 단테의 지옥이나 핀다르의 섬에 대한 신의 관점 속으로 인도하기 때문에 좋은 독서는 언제나 가시적일 뿐만 아니라 구전적이다. 소리는 그냥 초과 부과된 즐거움이 아니다. 간혹 그런 초과로 부과된 즐거움이 될 수도 있기는 하지만 그것은 억제하기 힘든 충동의 일부이다. 그런 의미에서 의미의 일부이기도 하다. 그것은 심지어 훌륭한 산문의 경우에도 사실이다. 우리를 행복하게 만들어 주는 것은 많은 천박함과 허세에도 불구하고 버나드 쇼의 서문을 통해 보여 준 민활하고 매력적이고 쾌활한 자만이다. 그리고 이런 행복은 주로 리듬을 통해 우리에게 도달한다. 기번을 그처럼 유쾌하게 만든 것은 올림푸스적인 평정 속에서, 그처럼 무수한 불행과 장엄함을 명상하고 질서를 부여하는 승리의 의미이다. 바로 그 시대가 이런 것을 가능케 해준다. 각각의 시대는 우

리가 지나가는 육교와 같아서 미소짓거나, 혹은 위협적인 계곡 위로 한결같은 속도로 부드럽게 지나가는 것과 흡사하다.

5) 전체적으로 나쁜 독서에 내재된 것은 좋은 독서에 하나의 구성 성분으로 들어올 수 있다. 흥분과 호기심이 분명 그런 것이다. 대리만족의 행복 역시 그런 구성 성분이다. 좋은 독자는 행복 그 자체를 위해 독서하는 것이 아니라, 그들 독자가 픽션 속으로 들어가게 될 때 행복이 자연스럽게 발생하기 때문이다. 하지만 좋은 독자들이 해피엔딩을 요구하는 것은, 행복감을 맛보기 위해서가 아니라 그들에게는 작품 자체가 다양한 방식으로 그것을 요구하는 것처럼 보이기 때문이다. (죽음과 재앙은 결혼식장의 종소리만큼이나 공공연하게 '고안될 수' 있고 부조화스러울 수 있다.) 이기적인 성 쌓기는 제대로 된 독자들에게서는 오래 지속되지 못할 것이다. 하지만 특히 젊은 시절이나 그밖의 불행한 시절 동안 그로 인해 책을 집어들게 되었는지 모른다. 많은 독자들에게 트롤럽이나 심지어 제인 오스틴의 매력은, 그들 계급이나 혹은 그들이 자신의 계급이라고 동일시하는 그런 계급이 현재보다 좀더 안정적이고 보다 행복했을 때, 그 시절로 돌아가려는 상상적인 꾀부리기라고 주장되었다. 아마도 이것은 헨리 제임스의 경우에도 사실일 수 있다. 헨리 제임스의 상당수 소설에서 주역들은 동화나 나비들의 삶과 마찬가지로 우리들 대다수에게는 불가능한 그런 삶을 산다. 그들은 종교, 일, 경제적인 근심걱정으로부터, 가족과 안정된 삶을 누리는 이웃의 요구로부터 자유롭기 때문이다. 하지만 이런 것은 처음에만 매력적일 뿐이다. 주로 강력하게 이기적인 성 쌓기를 원하는 사람들 중 어느 누구도 헨리 제임스, 제인 오스틴이나 트롤럽을 오랫동안 간직하지 않을 것

이다.

이 두 가지 종류의 독서의 특징을 살펴보면서 나는 의도적으로 '오락' 이라는 단어를 회피했다. **단지**라는 형용사에 의해 강화된다 하더라도 이 오락이라는 단어는 너무 모호하다. 오락이 가볍고 장난스러운 즐거움을 의미하는 것이라면, 어떤 문학 작품——말하자면 프리오나 마르티알에 의해 가벼운 것으로 간주된 것——으로부터 우리가 얻어내야 하는 그런 것이라고 나는 생각한다. 만약 오락이 대중적인 로맨스——서스펜스 · 흥분 등——의 독자를 '사로잡는' 그런 것이라면, 나는 모든 책은 오락적이어야 한다고 말하고 싶다. 좋은 책은 이런 오락을 좀더 많이 지니고 있을 것이다. 이런 오락이 결코 적어서는 안 된다. 이런 의미에서 오락은 자격시험과 같은 것이다. 픽션이 심지어 그런 것마저 제공할 수 없다면, 우리는 질문에서 벗어나 보다 높은 자질이 요구된다. 하지만 어떤 사람을 '사로잡은' 것이 다른 사람 역시 사로잡는 것은 물론 아니다. 지적인 독자가 숨을 죽이는 곳에서 멍청한 독자는 아무것도 일어나지 않는다고 불평할 수도 있다. 하지만 대체로 '오락' 이라고 불리는 것(경멸적인 의미에서)의 대부분은 내가 분류한 것 가운데서 한자리를 차지하게 될 것이다.

나는 '비판적인 독서' 라고 인정하는 그런 종류의 독서를 기술하는 것을 또한 삼갔다. 이 구절은 생략적으로 사용되지 않았다면 뭔가 상당히 잘못된 것처럼 나에게는 느껴진다. 앞장에서 내가 지적했다시피, 우리는 오로지 작품에 의해서만 어떤 문장 혹은 심지어 단어까지 판단할 수 있다고 말했다. 결과는 결과에 관한 판단에 선행해야 한다. 그것은 책 전체에 관해서도 사실이다. 이상적으로 말해 우리는 책을 먼저 수용한 다음 평가해야 한다.

그렇지 않을 경우 우리는 평가할 아무것도 가지지 못한다. 불행하게도 이런 이상(ideal)은 우리가 문학적인 전문 직업이나 문학 서클 안에서 점점 더 오래 생활할수록 점점 더 깨닫지 못하게 된다. 이것은 특히 젊은 독자들에게서 엄청나게 일어나는 현상이다. 위대한 책을 처음 읽었을 때 그들은 '압도당한다.' 위대한 작품을 비판한다고? 맙소사 다시 한 번 더 읽기나 해라. "이것은 정말 위대한 작품이군"이라는 판단은 오래 유보해 두어도 좋다. 하지만 인생의 후반기를 살아가다 보면 판단을 하지 않을 수가 없다. 그러나 판단은 습관이 되었다. 따라서 우리는 내면의 침묵을 듣지 못한다. 우리 자신을 비움으로써 우리는 작품을 완전히 수용할 수 있는 공간을 마련해야 한다. 우리가 독서하는 동안 판단을 하고 표현하지 않으면 안 된다는 의무감에 사로잡혀 있으면 작품의 완전한 수용은 점차 더 실패하게 된다. 어떤 작품을 평가하기 위해 읽거나, 혹은 친구에게 조언을 해주기 위해 그의 원고를 읽을 때처럼 판단해야 한다는 중압감에 우리는 시달리게 된다. 그러면 연필은 여백에 작업을 시작하고, 신랄한 검열의 구절이나 우리 마음속에 형성된 긍정적인 입장이 기록되게 된다. 이 모든 행위는 수용을 방해한다.

이런 이유 때문에 나는 과연 비평이 소년소녀들에게 적절한 연습인지 자못 의심스럽다. 자기 독서에 대한 영리한 소년의 반응은 패러디나 모방에 의해 대부분 당연하게 표현된다. 훌륭한 모든 독서에 있어서 필수 조건은 '그런 방식에서 벗어나는 것이다.' 우리는 어린 학생들에게 자기 의견을 표현해 보라고 강요함으로써 이렇게 하는 것을 도와 줄 수는 없다. 특히 모든 문학 작품을 의심하는 태도로 접근하라고 권장하는 그런 종류의 가르침은 더더욱 유해하다. 이런 가르침은 합당한 동기로부터 나온 것이다. 궤변과 선전선동이 판을 치는 세상에서 우리는 자라나는 세대가 기만당하는 것으로부터 보호하기를 원한다. 그래서 그들에게 그릇된 감상이나 활자화된 단어들이 가끔 우리에게 그러는 것처럼, 혼란된 생각을 주입시키려는 것에 대비하여 준비하도록 해주고 싶어한다. 불행하게도 나쁜 책에 침투당하지 않도록 만들어 주는 바로 그 습관이 또한 좋은 책에도 흡수당하지 않도록 만들 수도 있다. 토끼 사냥꾼에 대비하여 만반의 준비가 된 지나치게 많이 '아는' 촌놈이 언제나 잘 대처하는 것은 아니다. 사실상 진정한 우정을 거부하고 난 뒤에, 그리고 많은 진짜 기회를 놓치고 난 뒤에, 그래서 많은 적을 만들고 난 뒤 그는 그의 '영민함'에 아부하는 사기꾼의 먹이가 된다. 이렇게 하여 여기까지 왔다. 시인을 잠재적인 사기꾼으로 간주하면서, 그에게 속지 않으리라고 결심하면서 시 세계로 들어가는 독자에게 어떤 시도 자기 비밀을 털어놓지 않는다. 우리가 무엇인가를 얻으려면 속을 각오를 해야 한다. 나쁜 문학에 대한 가장 좋은 안전 장치는 좋은 것에 대한 충분한 경험을 쌓는 것이다. 그것은 모든 사람을 습관적으로 불신하는 것보다 정직한 사람과의 진정하고 애정에 찬 친분이 악당에 대한 보다 나은 보호가 되는 것과 마찬가지이다.

확실히 소년들은 그들의 스승이 내어놓는 모든 시를 비난함으로써 그와 같은 훈련의 왜곡된 결과를 노출하지 않는다. 논리와 가시적인 상상력에 저항하는 이미지의 융합이 셰익스피어의 작품에서 마주치게 되면, 그런 이미지들은 칭송되는 반면 그것이 셸리의 작품에서 마주치게 되면 의기양양하게 '공격의 대상이된다.' 상당한 다른 근거에서 셰익스피어는 칭찬되어야 하고, 셸리는 비난받아야 한다는 것을 그들은 이미 알고 있다. 그들은 그들의 방법이 이끌어 낸 결론에 의해서가 아니라, 미리 그것을 알고 있기 때문에 정답을 말한다. 때로 그들이 정답을 모를 때면, (무지가) 폭로된 대답은 선생들에게 방법 그 자체에 관해 냉정한 의구심을 품게 할 것이다.

10

시

하지만 내가 경악할 만한 생략을 하지는 않았던가? 시와 시인에 관해 언급은 했지만, 시 그 자체에 관해 나는 여태껏 한마디도 하지 않았다. 우리가 논의했던 거의 모든 문제들은 아리스토텔레스·호라티우스·타소·시드니와, 아마도 부알로에 의해 제기되었을 수도 있었다는 점에 주목하라. 만약 이런 질문들이 어쨌든 제기되었다면 '시에 관하여'라는 논문으로 탄생하였을 수도 있을 질문이었을 것이다.

문학적인 독서 양식과 비문학적인 독서 방식에 관해 언급해왔던 것을 기억하라. 불행하게도 이 주제는 시를 거론하지 않고서도 거의 충분하게 다루어졌다. 고금을 막론하고 극소수와 모든 여성, 특히 나이 든 여성들은 엘라 휠러 윌콕스나 파티언스 스트롱의 운문을 반복함으로써 우리를 당혹스럽게 할 수 있다. 그들이 좋아하는 시는 언제나 격언적인, 따라서 그야말로 문자 그대로 인생에 관한 논평이다. 그들은 그들의 할머니가 격언이나 성경 텍스트를 사용했던 것처럼 그렇게 시를 이용한다. 그들의 느낌은 그다지 빠져들지 않는다. 내가 보기에 그들의 상상력은 전혀 발휘되지 않는다. 이것은 발라드와 자장가와 속담식 후렴구가 한때 흘러나왔던 침상에 아직까지 남아 있으면서 똑똑 떨어지는 물방울이거나, 아니면 고여 있는 웅덩이다. 하지만 이제

이 물방울이나 웅덩이는 너무나 조그마해서 책에서 언급할 정도가 거의 못된다. 일반적으로 비문학적인 사람은 시를 읽지 않는다. 다른 관점에서는 문학적인 사람들도 점차 시를 읽지 않는다. 현대시는 자신이 시인이거나 전문적인 비평가나 문학 교사가 아닌 사람들에겐 거의 읽히지 않는다.

이러한 사실은 공통된 의미를 지니고 있다. 예술은 발전함에 따라 점점 분화된다. 한때 노래와 시와 춤은 단일한 **드로메논**의 모든 구성 요소였다. 이제 그 모든 구성 요소들 각각은 서로 분리되어 지금의 형태가 되었다. 이러한 전개 과정은 엄청난 손실과 이득이 개입되어 있다. 문학 예술이라는 한 장르에 국한시켜 볼 때 동일한 과정이 발생했다. 시는 점점 더 산문으로부터 그 자신을 구별화시켰다.

이것은 우리가 주로 화법을 생각해 본다면 역설적인 것처럼 들린다. 워즈워스 시대 이후로 시인에게 사용이 허용되었던 특별한 어휘와 통사는 공격 대상이 되었으며, 그런 구속은 이제 완전히 사라졌다. 그런 면에서 시는 그 어느 때보다 산문에 가까워져 있다고도 할 수 있다. 하지만 시와 산문의 근접성은 표피적인 것이며, 다음번 유행의 일진광풍은 그런 근접성을 휩쓸어 갈지도 모른다. 비록 현대의 시인들이 포프처럼 **여지껏**(e'er)과 **종종**(off)이란 단어를 사용하지 않고, 젊은 처녀를 **요정**이라고 부르지도 않지만, 시인의 생산물은 포프의 시들이 그랬던 것보다 더욱 더 어떤 산문과도 공통점이 거의 없다. 《루크리스의 겁탈》의 이야기는, 공기의 요정 등과 같은 이야기처럼 충분히 효과적이지는 않다 하더라도 산문으로 이야기될 수 있었다. 《오디세이아》와 《신곡》은 그와 똑같은 효과를 내지는 못한다 해도 어쨌거나 운문이 아니더라도 잘 이야기될 수 있었다. 아리스토텔레스가 비극에 요구했던 대부분의 자질은 산문극에서도 얼마든지 일어날 수 있었다. 시와 산문은 그 언어가 아무리 다르다 할지라도 내용상에 있어서는 중첩되고 거의 일치한다. 하지만 현대시는 그것이 무엇인가를 '말한다' 하더라도, 혹은 그 자체로 '존재' 하는 것일 뿐만 아니라 '의미' 하고자 갈망한다 하더라도 어떤 형식으로든지 산문이 말할 수 없었던 것을 말한다. 옛날 시를 읽는다는 것은 다소 다른 언어를 배우는 것을 포함한다. 새로운 시를 읽는다는 것은 우리 마음을 해체하고, 산문을 읽을 때나 혹은 대화를할 때 여러분이 사용하는 논리와 서사적인 연관 관계를 포기하는 것을 의미한다. 여러분은 이미지와 연상과 소리가 아무런 연관 없이 작동하는 그런 무아지경과 같은 조건에 도달해야 한다. 따라서 시와 다른 언어 사용 장르 사이에 공통된 토대는 거의 제로 상태로 줄어든다. 그런 의미에서 시는 이제 그 이전 어느 때보다 더욱 괴상하게 시적인 것이 되고 있다. 부정적인 의미에서 더욱 '순수하게' 시적인 것이 되고 있다. 시는 산문이 할 수 없는 것을(모든 훌륭한 시가 그런 것처럼) 할 뿐만 아니라 고의적으로 산문이 할 수 있는 어떤 것도 하지 않으려고 삼간다.

불행하게도 그렇기 때문에 필연적으로 이러한 과정은 독자의 숫자를 꾸준히 감소시켜 가는 과정을 수반하게 된다. 이 점에 관해서 혹자는 시인을 비난하고, 혹자는 독자들을 비난한다. 나는 이것이 비난의 문제가 될 필요성이 있는지 확신하지 못한다. 어떤 도구가 세련되고 특정한 기능을 위해 완벽해지면 해질수록, 그런 기술을 가진 사람은 소수가 되거나 혹은 그것을 다룬 기회는 점점 더 줄어든다. 대다수 사람들은 일상적인 칼을 사용한다.

그리고 소수만이 외과 의사의 외과용 메스를 사용한다. 외과용 메스는 수술하는 데 좋은 법이다. 하지만 그밖에는 아무런 소용이 없다. 시는 점점 더 오로지 시만이 할 수 있는 것에 자신을 한정시킨다. 하지만 이것은 대다수 사람들이 하고 싶어하지 않는 어떤 것으로 드러나게 된다. 물론 시가 그렇게 된다면 대다수 독자들은 시를 수용할 수 없음은 물론이었다. 현대시는 대다수 독자들에게 너무 난해하다. 이것은 부질없는 불평이다. 시가 이처럼 순수해지면 그만큼 어려워지는 법이다. 하지만 시인 역시 자기의 시가 읽히지 않는다고 불평해서는 안 된다. 시를 읽는 기술이 시를 쓰는 기술에 버금갈 만큼 고귀한 재능을 요구하게 될 때, 숫자상으로 독자들은 시인보다 더 많아질 수 없다. 당신이 1백 명 중 오직 한 명의 연주자만이 연주할 수 있는 바이올린을 위한 곡을 작곡한다면, 그 곡이 자주 연주되기를 기대해서는 안 된다. 여기서 음악적인 비유는 너무 동떨어진 예가 아니다. 현대시가 그와 같기 때문에 그런 시를 이해하는 **감식가**는 동일한 작품을 완전히 다른 방식으로 읽을 수도 있다. 우리는 이런 독서 중에서 오직 한 가지만 옳고, 그밖의 나머지 것은 '글렀다'고 더 이상 가정할 수 없다. 분명히 시는 악보와 유사하며, 독서는 연주와 유사하다. 다른 해석 역시 용납될 수 있다. 문제는 어떤 독서가 옳고, 어떤 독서가 글렀느냐가 아니라 어떤 것이 최고의 독서인가 하는 점이다. 시의 해설자들은 청중의 일원이라기보다 오케스트라의 지휘자와 더욱 유사하다.

이런 사태가 일시적일지도 모른다는 희망은 쉽사리 사라지지 않는다. 현대시를 싫어하는 일부 사람들은 현대시가 조만간 소멸될 것이며, 현대시의 순수성이라는 진공 상태에 질식하여 문외한들이 의식하는 그런 열정과 관심사와 보다 중첩될 수 있는 시로 대체될 것을 희망한다. 그 나머지 사람들은 '문화'의 성격 상 문외한은 현재와 같은 시가 될 때까지 '고양되어야' 할 것이 며, 다시 상당한 대중을 획득하게 될 것으로 희망한다. 나 자 신은 세번째 가능성에 홀려 있다.

고대 도시 국가는 현실적인 필요성의 재갈 아래 야외에 모여 있는 대규모 청중들에게 들릴 수 있고, 그들을 설득할 수 있도록 연설하기 위해 엄청난 기술을 발전시켰다. 그들은 그런 기술을 수사학이라고 불렀다. 수사학은 고대인들에게는 교육의 한 부분 이었다. 몇 세기가 지난 후 조건은 바뀌었으며, 수사학과 같은 기술의 사용은 사라졌다. 하지만 수사학의 위상은 교육적인 교 과 과정의 한 부분으로서 남았다. 수사학은 1천 년 이상 지속되 었다. 현대인들이 시를 쓰는 것처럼, 시는 자기 앞에 있었던 장 르와 유사한 운명을 가질 수도 있다는 것이 불가능한 것만은 아 니다. 시의 해설은 이미 학자적이고 학문적인 활동으로 굳건히 자리잡고 있다. 시를 그곳에 고수하고 그 안에서 숙달시키려는 의도와, 화이트 칼라 직업을 위해 필수 불가결한 자격 조건에 따 라서 시인과 시 해설가들이 대규모로 영구적인(징병 때문에) 관 중을 확보하려는 의도가 인정된다. 그것은 아마도 성공할 수도 있다. 대부분의 사람들이 지금처럼 시를 '가슴에 소중히 품고' 더 이상 귀가하지 않는다 하더라도, 이런 형태로 시는 1천 년을 지배할 수도 있다. 만약 선생들이 비길 데 없는 훈육으로 시를 칭찬하고, 학생들은 시를 필요한 **성공 수단**으로 받아들이게 될 해설 자료를 제공한다면 말이다.

하지만 이것은 추측일 뿐이다. 한동안 독서의 지도에서 시의 영역은 거대한 제국에서부터 작은 지방으로 줄어들었다. 그 지방은 점점 줄어들고, 그밖의 다른 지역과의 차이를 점점 더 강조하다가, 마침내 얼마 안 되는 크기와 지역적인 특수성이 결합하여 한 지방이 아니라 '보호 구역'이 되어 버린다. 그렇게 **단순하지는** 않지만, 광범위한 지리적인 일반화를 위해서라면 그와 같은 지역은 무시할 만하다. 그 보호 구역 안에서 우리는 문학적인 사람과 비문학적인 사람들 사이에 차이를 연구할 수 없다. 왜냐하면 그곳에 비문학적인 사람은 아예 없기 때문이다.

그럼에도 불구하고 우리는 때로는 문학적인 사람들마저 내가 생각하기로는 나쁜 독서 양태로 빠져드는 것을 이미 목격하였다. 심지어 문학적인 사람들은 비문학적인 사람들이 저지르는 그와 똑같은 오류를 보다 미묘한 형태로 저지르게 된다. 그들은 시를 읽을 때 역시 그런 오류를 범할 수 있다.

문학적인 사람들은 시를 수용하기보다 종종 시를 '사용한다.' 그들은 비문학적인 사람들과는 다르다. 왜냐하면 그들은 자신들이 무엇을 하고 있는지 너무나 잘 알고, 자기가 하는 일에 방어할 준비가 되어 있기 때문이다. 그들은 언제나 이런 유의 질문을 한다. "내가 왜 현재의 진정한 경험으로부터 등을 돌려야 하는가?——나에게 시란 무엇인가, 내가 시를 읽을 때 어떤 일이 일어나는가——내가 왜 시인의 의도나 재구성에 관해 질문하고, 시인의 동시대인들에게 그 시가 무엇을 의미했던가와 같은 질문으로부터 등을 돌려야 하는가." 여기에 대해 두 가지 대답이 있을 수 있다. 하나는, 내가 초서와 존 던을 오역함으로써 만들어져 내 머릿속에 있는 시는 실제의 초서나 혹은 존 던이 지었던 그 작품만큼 좋을 수 없다는 점이다. 둘째로, 왜 이 두 가지 모두를 가질 수는 없는가? 내가 그 시를 내 마음대로 해석하여 즐기고 난 뒤, 왜 또다시 원래의 시 텍스트로 되돌아가서 이번에는 어려운 단어를 찾아보고 수수께끼 같은 암시를 풀어 보고, 내가 처음에 읽었을 때 맛본 운율이 준 즐거움이 다행스럽게도 잘못된 발음에서 기인했던 것임을 발견하고, 내 자신의 시(원래의 시를 읽고 오독해서 만들어 낸 내 머릿속의 시) 대신이 아니라 그런 오독을 내 자신의 시에다 덧붙임으로써 시인의 시를 즐길 수는 없는지 알아볼 수는 없는가? 내가 천재이고 그릇된 겸손에 의해 방해받지 않는다면, 나는 내 시가 이 두 가지 시 중에서 보다 나은 것보다 더 좋다고 아직까지 생각할 수 있다. 하지만 나는 이 두 가지 시를 다 알지 않고서는 이 점을 발견할 수 없었을 것이다. 가끔 이 두 가지는 서로 잘 보존할 가치가 있다. 고전주의 시인이나 외국 시인이 생산했던 시구를 읽으면서 우리가 오독하여 얻게 된 특정한 효과를 즐긴 적은 없는가? 이제 우리는 좀더 잘 알게 된다. 우리는 베르길리우스나 롱사르가 우리에게 주려고 의도했던 바를 더욱 잘 믿고 좋아하게 된다. 이런 오독은 원래의 아름다움을 폐기하거나, 그것에 얼룩을 남기는 것이 아니다. 그것은 우리가 어린 시절에 알았던 아름다운 장소를 다시 방문하는 것과 다소 흡사하다. 우리는 어른의 눈으로 풍경을 감상한다. 우리는 우리가 어린 시절에 맛보았던 그런 즐거움——종종 대단히 다른 즐거움이 될 수도 있다——을 다시 소생시키기도 한다.

일반적으로 인정하다시피 우리는 결코 우리 자신으로부터 완전히 벗어날 수는 없다. 무엇을 하든지간에 우리 자신과 우리 시대가 만든 것은 우리가 경험한 모든 문학 속에 보존될 것이다. 이와 마찬가지로 나는 내가 가장 잘 알고 제일 사랑하는 사람이라도 바로 그런 사람의 관점에서 어떤 것을 그대로 볼 수는 없다. 하지만 나는 적어도 그런 관점을 향해 어느 정도 발전할 수는 있다. 나는 최소한 조잡한 관점의 환상을 제거할 수는 있다. 문학은 살아 있는 사람과 그런 관점을 함께하도록 도와 주고, 살아 있는 사람은 문학과 그것을 함께할 수 있도록 돕는다. 내가 그런 지하 감옥으로부터 벗어날 수 없다면, 적어도 나는 창살을 통해 밖을 내다볼 수는 있다. 그것이 그래도 어두운 구석에서 지푸라기에 의지하여 가라앉는 것보다 낫다.

하지만 내가 비난했던 그런 종류의 독서를 사실상 요구하는 시(현대시)가 있을 수 있다. 아마도 단어들은 원초 자료로서의 단어 그 자체말고는 어떤 것도 의미하지 않으며, 독자의 감수성이 그로부터 무엇을 만들어 내든지간에 개의치 않을 뿐 아니라, 독자의 경험이 독자들 서로간에 혹은 독자와 시인 사이에 공유될 수 있는 것으로 만들려는 아무런 의지가 없는 경우도 있다. 만약 그렇다면 이런 종류의 독서는 그와 같은 시에 적합한 것일 수 있다. 번쩍거리는 그림이 오로지 당신 자신의 반사된 모습만을 되비쳐 주는 자리에 놓여 있다면 그것은 정말 안된 노릇이다. 하지만 거울이 그런 위치에 놓여 있다면 그처럼 안된 일은 아니다.

우리는 비문학적인 사람들이 실제적인 단어 그 자체에 그다지 충분한 관심을 기울이지 않는다고 비난했다. 대체적으로 이런 비난은 문학적인 사람들이 시를 읽을 때는 결코 발생하지 않는다. 그들은 단어에 대해서는 다양한 방식으로 충분한 관심을 기울인다. 하지만 시의 청각적인 특성에는 그다지 관심을 두지 않는다는 것을 종종 나는 목격해 왔다. 나는 그것이 무관심 탓으로 무시된 것이라고 생각지 않는다. 나는 대학에서 영문학 교수들이 공공연하게 "시에서 문제가 되는 게 무엇이든지간에 소리는 아니다"라고 말하는 것을 들었다. 아마도 이것은 자기만의 농담이었을 수도 있다. 하지만 시험관으로서 나는 엄청나게 많은 우등생 후보자들이, 그밖의 다른 면에서는 대단히 문학적인 이 후보자들이 운율의 보격을 잘못 인용함으로써 보격을 전혀 의식하지 않고 있음을 드러내게 되는 것을 보았다.

이 놀랄 만한 사태가 어떻게 하여 초래된 것인가? 나는 두 가지 가능한 원인으로 추측해 보고자 한다. 어떤 학교에서는 학생들을 시행에 따라서가 아니라 '발화 집단'에 따라서 반복 암기하여 받아쓰도록 가르친다. 이런 학습의 목적은 단조로운 리듬을 교정하려는 것이다. 하지만 이런 정책은 대단히 근시안적이다. 이런 어린이들이 자라나서 시를 사랑하게 되면 단조로운 리듬의 습관은 적당한 때에 치료될 것이며, 비록 그런 습관이 치료되지 않는다 하더라도 그다지 문제가 될 것은 없다. 유아 시절 단조로운 리듬은 결함이 아니다. 이 단조로운 리듬은 운율적인 감수성의 단순한 초기 형태이다. 그 자체가 조야하기는 하지만 좋은 징조는 나쁜 것이 아니다. 메트로놈과 같은 규칙성과 보격은 그저 보격으로서, 그에 맞춰 온몸을 흔드는 것은 나중의 보다 정교하고 미묘한 것을 가능케 해주는 토대가 된다. 규범을 알지 않고서는 변주도 없는 법이다. 분명한 것을 포착하지 못하는 그런 사람들에게는 정교하고 미묘한 것을 포착할 능력도 없는 법이다. 다시 한 번 언급하지만 지금 현재 어리지만 이 인생의 초기 단계에서 **자유시**와 이미 대면했다는 것이 가능하다. 이것이 진정한 시일 때, 그것의 청각적인 효과는 극도로 정교하며 운율적인 시에 관해 오래 전에 훈련된 사람의 귀를 위해서는 (자유시에 대한) 감상을 요구할 수 있다. 하지만 나는 운율의 훈련 없이도 자유시를 수용할 수 있다고 생각하는 그런 사람들은 자기 스스로를 기만하고 있다고 생각한다. 그들은 걷기도 전에 달리려고 하는 사람들이다. 하지만 문학적인 달리기에서 넘어지면 상처를 입는다. 장차 달리기 선수가 되려는 사람은 자기의 실수를 알게 될 것이다. 이것은 독자의 자기 기만만은 아니다. 넘어지면서도 그는 여전히 자신이 달리고 있다고 믿을 수도 있다. 결과적으로 그런 사람은 걷는 법을 결코 배우지 못할 것이다. 그러므로 뛰는 법은 더군다나 배우지 못하게 될 것이다.

11

실 험

내 실험이 요구하는 장치는 이제 다 모아졌고, 그래서 우리는 작업에 착수할 수 있다. 정상적으로는 어떤 사람이 어떤 것을 읽느냐에 따라서 그 사람의 문학적인 취향을 판단한다. 문제는 이 과정을 거꾸로 뒤집어서 어떤 사람이 문학을 읽는 방식에 의해 문학을 판단하는 것에서 어떤 장점을 찾아낼 수 있었는가 하는 점이었다. 모든 것이 이상적으로 진행되었다면 우리는 좋은 문학을 정의함으로써 그것이 허용하는 한에서 좋은 독서를 유도하고, 심지어 좋은 독서를 하지 않을 수 없도록 해야 한다는 결론이 나와야 한다. 이와 마찬가지 이유에서 나쁜 문학은 나쁜 독서를 강제한다는 결론이 나와야 한다. 이것은 이상적인 단순화일 뿐이다. 그처럼 산뜻하게 단순화되지 않더라도 만족해야 할 것이다. 하지만 당분간 나는 이런 역전된 접근법의 가능한 유용성에 따르고 싶다.

첫째, 이런 접근법은 독서 행위 그 자체에 관심을 고정시킨다. 문학의 가치가 무엇이든지간에, 좋은 독자가 언제 어디서든 읽을 때 비로소 문학의 가치가 실제적으로 드러나게 된다. 서가에 꽂힌 책은 잠재적인 문학일 뿐이다. 문학적인 취향은 우리가 읽지 않을 때는 그냥 잠재적인 것에 불과하다. 독서 행위라는 일시적인 경험을 제외한다면 잠재력은 행동으로 전환되지 않는다. 문학적인 연구와 문학비평이 문학에 부수적인 행동으로 간주된다면, 문학의 전적인 기능은 좋은 독서 경험을 증폭시키고 연장하고 안전하게 해주는 것이다. 작동하고 있는 문학 자체에 집중함으로써 추상화로부터 벗어나는 체계가 바로 우리가 필요로 하는 것이다.

둘째, 제안된 체계는 단단한 땅에 우리의 발을 딛는 것이다. 그곳에서 통상적인 체계는 흐르는 모래 위에 발을 딛고 있었다. 여러분은 내가 램을 좋아한다는 사실을 알게 된다. 램이 나쁜 작가라는 확신이 있다면, 여러분은 내 취향이 나쁘다고 말할 것이다. 하지만 램에 대한 여러분의 견해는 램에 대한 나의 견해와 마찬가지로 고립된 개인적인 반응이거나, 아니면 문학 세계에서 널리 퍼져 있는 입장에 토대에 있을 것이다. 전자의 경우라면, 나의 취향에 대한 여러분의 비난은 무례한 것이다. 오직 예의만이 나를, **너도 마찬가지 아니냐**는 그런 비난으로부터 방어해 줄 것이다. 하지만 여러분이 '널리 퍼져 있는' 입장에 발을 딛고 서 있다면 얼마나 오랫동안 그런 상황이 지속될 것인가? 내가 램을 좋아한다는 사실이 50년 전에는 나에 대한 벌점이 될 수 없었다는 것을 여러분은 알고 있다. 테니슨은 지금보다 30년대에 훨씬 더 한 벌점이 될 수도 있었다. 그와 같은 폐위와 등극의 드라마는 거의 한 달마다 일어나는 사건이다. 여러분은 그들 중 어느 누구도 영원불멸이라고 믿지 않을 수 있다. 알렉산더 포프는 등장했다가 퇴장하고 재등장했다. 밀턴은 영향력 있는 비평가들에 의해 교수형에 처해졌다가 끌려 내려와 또다시 능지처참되었다. 그러자 그런 비평가 사도들은 아멘이라고 복창한다. 그 밀턴이 이제는 서서히 부활하는 것처럼 보인다. 키플링의 주식은 한때 대단히 높았지만, 지금은 주식 시장에서 바닥을 쳤다가 이제 약간 상승하려는 기미가 보인다. 이런 의미에서 '취향'은 주로 연대 기적인 현상이다. 여러분의 출생 연도를 나에게 말해 보라. 그러면 나는 여러분이 홉킨스 또는 하우스먼을 선호하는지, 아니면 토머스 하디 혹은 로렌스를 선호하는지 알아맞힐 수 있다. 어떤 사람이 포프를 경멸하고 오시안을 존경한다고 나에게 말해 보라. 그러면 나는 그의 **생존 시기**를 대충 알아맞힐 수 있을 것이다. 내 취향에 관해 여러분이 말한 모든 것은 정말로 낡은 유행이 고작이다. 여러분의 취향 또한 얼마 못 가 낡은 유행이 될 것이다.

하지만 여러분이 대단히 다른 방식으로 작업했다고 가정해 보라. 여러분이 나에게 긴 밧줄을 주어서 나 스스로 목매달게 했다고 가정해 보라. 여러분은 램에 관해 내가 말하도록 권장했을지도 모른다. 그럴 경우 여러분은 램이 실제로 말한 것을 무시하고, 그의 텍스트 안에 없는 많은 것을 내가 읽어넣음으로써, 내가 그처럼 칭찬했던 그런 독서를 사실상 한 적이 거의 없으며, 내가 칭찬했던 그런 어휘가 사실상 얼마나 내 자신이 그리워하는 변덕스런 몽상을 단지 자극하는 것이었는지가 드러나 있었음을 깨닫게 될 것이다. 그렇다면 여러분이 그런 동일한 방법을 램의 다른 추종자들에게 감시법으로 적용하러 돌아다닌다고 가정해 보라. 매번 여러분은 같은 결과를 얻었을 것이다. 여러분이 이렇게 해보았더라면, 비록 여러분이 수학적인 확실성에 결코 도달했을 수는 없었겠지만, 램이 나쁜 작가라는 확신이 점차로 자라나게 될 단단한 근거를 발견했었을 수도 있다. "램을 즐기는 모든 사람이 최악의 독서를 적용함으로써 이런 식으로 읽고 있기 때문에, 아마도 램은 나쁜 저자일 수 있다"고 여러분은 주장할 수 있을 것이다. 사람들이 어떻게 읽고 있는지 그것을 관찰하면, 그런 관찰은 그들이 읽은 것을 판단할 수 있는 강력한 토대가 된다. 하지만 그들이 읽은 것에 대한 판단은 그들이 읽은 것에 대한 판단이 되기에는 너무 빈약하고, 심지어 순간적인 토대에 불과할 수 있다. 문학 작품에 대한 기존의 평가는 유행이 매번 바뀜에 따라 달라지기 때문에 집중하는/집중하지 않는, 공손한/고집 센, 사심 없는/이기적인 독서 양식 사이의 구분은 영구적이다. 만약 그것이 타당하다면, 그것은 모든 곳에서 언제나 타당할 것이다.

셋째, 비판적인 비판을 대단히 어려운 작업으로 만들 것이다. 이것 또한 장점으로 나는 간주한다. 지금 비판은 너무나 손쉽기 때문이다.

우리가 어떤 방법을 사용하든지간에, 독자에 의해 책을 판단하든지 책에 의해 독자를 판단하든지간에 우리는 언제나 두 겹으로 판단한다. 처음에 우리는 양떼와 염소를 분리시킨 다음 좋은 양과 나쁜 양을 또한 구분한다. 우리는 어떤 독자나 어떤 책을 상궤를 벗어난 위치에 둔 다음 그 안에서 비난과 칭찬을 배급한다. 따라서 우리가 책과 더불어 시작하려면 그냥 '상업적인 쓰레기'·스릴러·포르노그래피·여성 잡지의 단편 등으로부터 '점잖은' '성인용' '진정한' 혹은 '진지한' 문학이라고 부른 것 사이에 확실한 금을 그어야 한다. 예를 들어 가장 인정받는 현대 비평은 모리스와 하우스먼을 나쁘다고 하면서 홉킨스와 릴케를 좋게 볼 수도 있다. 우리는 시간을 죽이기 위해 급하고 게으르게 언제라도 잊어버리기 쉽게 독서하는 그런 사람과, 독서가 근면하고 중요한 행위가 되는 그런 사람 사이의 구분은 논란의 여지가 없도록 만든다. 하지만 우리는 이 후자의 분류 안에서 '좋은 것' 과 '나쁜 것'을 구분한다.

첫번째 구분을 하여 경계선을 그릴 때, 지금의 체계로 작업하는 비평가는 그가 책을 판단한다고 주장할 것임에 틀림없다. 하지만 사실상 그가 상궤를 벗어난 곳에 놓아둔 그 책은 대부분 그가 읽은 적이 없는 책들이다. 얼마나 많은 '서부극'을 여러분은 읽었는가? 얼마나 많은 SF를 읽었는가? 그와 같은 비평가가 싼 책값과 번쩍거리는 표지 그림에 의해 단지 좌우된다면 그의 발판은 대단히 불안정한 땅에 두고 있는 셈이다. 그는 후손들의 눈에 초라하게 비칠는지도 모른다. 왜냐하면 힌 세대의 **감식가**에게 그저 상업적인 쓰레기였던 작품이 다음 세대의 감식가에게 고전이 될 가능성이 있을 수도 있기 때문이다. 다른 한편 그가 그런 책의 독자들을 경멸하기만 한다면, 그는 내 체계를 조잡하고 인정받지 못한 용도로 사용하고 있는 것이다. 그가 행하고 있는 것을 인정하고, 그것을 보다 낮게 만드는 것이 안전할 터이다. 그의 경멸에서 사회적인 속물근성이나 지적인 건방의 혼합물이 들어 있지 않았다는 것을 확신할 수 있어야 한다. 내가 제안한 체계는 열린 체계로 작동하는 것이다. 서부 소설을 사서 보는 그런 사람들의 독서 습관을 우리가 관찰할 수 없다거나, 혹은 그것이 관찰할 만한 가치가 없다고 생각하는 사람이 있다면, 우리는 그런 책에 관해 아무것도 말할 수 없다. 우리가 말할 수 있다면, 이런 습관을 비문학적인 부류에게나, 혹은 문학적인 부류의 사람들에게 할당하는 데 그다지 어려움을 겪지 않을 것이다. 어떤 책이 대체로 한 가지 방식으로 읽힌다는 사실을 알게 된다면, 게다가 그 책이 다른 방식으로는 읽힌 적이 없다는 사실을 발견하게 된다면 더더욱 우리는 그 책을 얼핏 나쁜 책이라고 생각한다. 다른 한편 어떤 독자가 한 페이지에 이중 칼럼으로 된 싸구려 작은 책이자 표지에 야한 그림이 그려진 책에서 평생 동안 즐거움을 찾아내고, 그 책을 읽고 또 읽으면서 단어 하나라도 바꾸면 그것을 알아채고서는 그렇게 바꾸는 것에 반대하는 독자를 발견한다면, 우리 자신이 그 책에서 아무리 얻는 것이 적더라도 그리고 다른 친구들과 동료들이 그 책을 아무리 경멸하더라도, 우리는 그 책을 경계선 밖에 감히 두지 말아야 한다.

현재의 방법이 아무리 위험스럽다 하더라도 나는 알아야 할 몇 가지 이유가 있다. 공상과학 소설(SF)은 내가 상당히 자주 찾곤 했던 문학적인 영토였다. 현재 내가 그 지역을 거의 방문하지 않는다면 내 취향이 개선되었기 때문이 아니라 그 지역이 변화되었으며, 이제는 내가 좋아하지 않는 문제로 지은 새로운 건물로 뒤덮인 지역이 되었기 때문이다. 하지만 좋았던 그 시절 문학비평가들이 SF에 관해 뭐라고 말을 했든지간에 그들이 엄청난 자신들의 무지를 드러내고 있었다는 사실을 알아차리게 되었다. 그들은 SF가 동질적인 장르인 것처럼 말했다. 하지만 SF 장르는 문학적인 의미에서 볼 때 장르가 전혀 아니다. 특수한 '기계'를 사용하는 것을 제외하는 SF를 쓰는 작가들에게서 어떤 공통점도 발견할 수 없기 때문이다. 일부 작가들은 쥘 베른 가족에 속하며, 주로 테크놀로지에 관심이 많다. 또 다른 일부 작가들은 문학적인 환상을 위해 주로 기계를 사용하며, 근본적으로 허구적인 이야기와 신화인 것을 산출한다. 그리고 그들 대다수는 풍자를 위해 SF를 이용한다. 미국적인 생활 방식에 대한 통렬한 미국 비평의 거의 절대 다수는 이런 형식을 취하며, 다른 장르로 과감하게 나아가게 되면 비미국적인 것으로 즉시 탄핵당했다. 마지막으로 SF 의 붐을 타고, 단지 '돈만 보고 몰려든' 대다수 삼류 작가들은 저 멀리 떨어진 외계의 혹성이나, 심지어 스파이 스토리나 러브 스토리를 위한 배경으로 다른 은하계를 이용한다. 이런 이야기들은 화이트채플이나 브롱스 지역을 무대로 하는 편이 나았을 것이다. 스토리들이 유적으로 다른 것과 마찬가지로, 그들의 독자 역시 다르다. 여러분이 원한다면 모든 SF를 함께 분류할 수 있다. 하지만 이것은 밸런타인, 콘래드, W. W. 제이콥스를 함께 묶어서 '해양 소설'이라고 분류함으로써 인식하려는 것과 마찬가지이다. 그런 다음에 **그렇다는** 이유로 비판하는 것과 다를 바 없다.

  하지만 두번째 구분인 양떼들 가운데서, 혹은 경계선 안쪽에서 만들어진 구분에 이르게 되었을 때 내 체계는 기존 체계와 가장 뚜렷이 구분될 것이다. 기존 체계에서 경계선 안쪽의 구분들 사이에 차이와 경계선 그 자체를 그리는 주된 구분은 정도의 차이일 따름이다. 밀턴은 나쁘고, 페이션스 스트롱은 더욱 나쁘다. 디킨스(그의 대부분의 작품)는 나쁘고, 에드가 월리스는 더욱 나쁘다. 내 취향은 나쁜데, 왜냐하면 스콧과 스티븐슨을 좋아하기 때문이다. E. R. 버로스를 좋아하는 사람의 취향은 더욱 나쁘다. 하지만 내가 제안하는 체계는 독서들 사이에 정도의 문제가 아니라 질적인 구분을 하려는 것이다. 이 모든 단어들—— '취향' '좋아하다' '기쁨'——은 비문학적인 사람과 나에게 적용할 때 다른 의미를 띠게 된다. 내가 스티븐슨에게 보이는 반응과 마찬가지로 어떤 사람이 에드가 월리스에게 반응을 보인다는 증거는 없다. 그런 의미에서 어떤 사람이 비문학적이라는 판단은 "이 사람은 사랑에 빠져 있지 않아"라는 판단과 흡사하다. 반면 내 취향이 나쁘다라는 판단은 "이 사람은 사랑에 빠졌어. 하지만 정말 꼴보기 싫은 여자에게 말이야"라는 것과 보다 흡사하다. 우리가 너무나도 싫어하는 여자를 양식 있고 교양 있는 사람이 사랑한다는 단지 그 사실로 인해, 우리가 그녀를 다시 보고 다시 생각하면서 이전에는 알아차리지 못했던 어떤 점을 그녀에게서 발견해 내는 것과 마찬가지로, 내 체계 내에서 사람들 혹은 단지 한 사람이라도 우리가 나쁜 책이라고 생각했던 것을 평생 동안 진정으로 정성들여 읽고 사랑한다면 우리는 그 책이 우리가 생각했던 것만큼 그렇게 실제로 나쁘지 않을지도 모른다는 의구심을 일으키게 될 것이다. 우리의 눈에는 친구의 정부가 대단히 평범하고 멍청하고 비위에 거슬려서 친구의 사랑을 호르몬의 비이성적이고 신기한 행위 탓으로 돌릴 수밖에 없는 경우가 분명히 있다. 이와 유사하게 그가 좋아하는 책이 계속 너무 나쁜 것처럼 보여서, 우리는 그의 취미를 어린 시절의 연상이나 다른 심리적인 사건의 탓으로 돌려야 하는 때가 있다. 하지만 우리는 불확실하게 남아 있어야 하고, 반드시 그래야만 한다. 언제나 그런 책 안에도 우리가 보지 못한 것이 있을 수 있기 때문이다. 어떤 독자에 의해 진정으로 읽히고 고집스럽게 사랑을 받아 왔던 것은, 그 안에 미덕을 갖고 있을 수 있다는 그럴듯한 개연성은 그야말로 압도적이다. 그와 같은 책을 비난하는 것은 내 체계에서 볼 때 대단히 심각한 문제가 된다. 우리의 비난은 결코 닫힌 것이 되어서는 안 된다. 질문은 아무런 부조리 없이 언제나 재개될 수 있었다.

그리고 여기서 나는 제안된 체계가 보다 현실적이라고 제시하고 싶다. 왜냐하면 우리가 무엇을 말하든지간에, 우리는 경계 안에서의 구분이 경계선 그 자체의 위치 선정보다 훨씬 더 불확실한 것이라는 사실을 너무도 냉정히 잘 인식하고 있다. 우리의 영혼을 계속 일깨울 때, 우리는 에드가 월리스가 발자크에 비해 열등한 것과 마찬가지로 확실히 테니슨은 워즈워스에 비해 열등하다고 말할 수도 있다. 열띤 논쟁을 할 때, 여러분은 밀턴을 선호하는 내 취향이, 만화를 좋아하는 것이 나쁘다고 탓하는 것과 마찬가지 사례 중에서 좀더 나은 경우라고 말할 수 있다. 우리는 이런 것들을 말할 수 있지만 제정신을 가진 어떤 사람도 그것을 완전히 믿지는 않는다. 경계선 안에서 보다 좋고 보다 나쁜 것 사이의 구분은 '쓰레기'와 '진정한' 문학 사이의 구분과 똑같은 것이 아니다. 이런 구분은 변덕스럽고 역전될 수 있는 판단에 의존해 있다. 내가 제안한 체계는 이런 점을 솔직히 인정한다. 출발부터 내 체계는 한동안 경계 안에서 잘 지냈던 어떤 저자를 전체적으로 '폭로하고,' 마침내 '노출시키는' 문제가 야기될 수 있다는 점을 인정한다. 우리는 진실하게 실제로 읽었던 사람들에 의해 훌륭한 것이었음이 드러났던 작품이라면 그 작품이 무엇이든지간에 좋은 것이라는 가설로부터 출발한다. 모든 개연성은 공격하는 사람에 저항하는 것이다. 그들이 희망할 수 있는 것이라고는 그들이 생각한 것보다 그 작품이 덜 좋다고 보는 사람들을 설득하는 일이 고작이다.

따라서 내 체계의 한 가지 결과는 영국 문학——일시적인 비판적 기존 관행에 의해 보호받은 반 다스 정도의 책을 제외한다면——에서 거론되는 모든 위대한 이름을 개를 위한 가로등의 기둥쯤으로 여기는 그런 비평가들을 침묵시키는 것이다. 나는 이것을 좋은 일로 간주한다. 이처럼 왕좌에서 퇴위시키는 작업은 엄청난 에너지의 낭비이다. 그런 비평가들의 신랄함은 빛을 희생한 대가로 얻은 열기이다. 그들은 좋은 독서를 할 수 있는 사람들의 능력을 향상시키지 못한다. 사람들의 취향을 수선할 수 있는 진정한 방법은 그 사람의 현재 취향을 헐뜯는 것이 아니라 보다 나은 것을 어떻게 즐길 수 있는지, 그 방법을 가르치는 것이다.

그와 같은 것이 독서에 관한 우리의 비평 위에다 책에 관한 우리의 비평이 토대함으로써 얻어낼 수 있는 장점이라고 나는 생각한다. 여기까지 우리는 이상적으로 작동하는 체계에 관한 청사진을 그려 보았을 뿐 장애 요인은 무시해 왔다. 사실상 우리는 그보다 조금 모자라는 것에 만족해야 할 것이다.

책들이 어떻게 읽혀지고 있는가라는 방식에 의해 책을 판단하는 것에 대한 가장 명백한 반대는, 동일한 책이 여러 가지 다른 방식으로 읽혀진다는 사실에서 기인한다. 좋은 소설에서의 특정한 구절과 좋은 시가 독자들에 의해, 그 중에서도 특히 남학생들에 의해 포르노그래피로 사용될 수도 있다는 사실을 우리는 알고 있다. 이제 로렌스는 염가본으로 나오고 있으며, 그런 염가본 표지의 그림과 지하철이나 기차역 가판대에 꽂혀 있다는 사실은 어떤 종류의 판매와, 따라서 어떤 종류의 독서를 책장수들이 예상하고 있는지를 너무나 분명히 보여 준다. 따라서 우리는 책을 망치는 것은 나쁜 독서의 존재가 아니라 좋은 독서가 부재하기 때문이라고 말해야 한다. 이상적으로 말할 것 같으면, 우리는 좋은 책이란 좋은 독서를 '허용하고' '권장하고' '하지 않을 수 없도록 만드는' 독서로 정의해야 할 것이다. 하지만 우리는 좋은 독서를 '허용하고' '권장하는' 차원에서 만족해야 할 것이다. 이런 의미에서 잘못된 방식으로 책을 읽는 사람은 누구든지간에 책

전체는커녕 몇 페이지 읽지 않아서 포기하도록 만드는, 그래서 정말 좋은 독서를 '하지 않을 수 없도록' 만드는 책이 진정으로 있을 수는 있다. 여러분이 《삼손》《라슬라》《매몰된 항아리》를 시간을 보내기 위해 손에 잡거나, 혹은 기분 전환용 오락으로 혹은 이기적인 성 쌓기에 도움이 되는 것으로 손에 쥔다면 여러분은 틀림없이 그런 책을 손에서 내려놓게 될 것이다. 하지만 나쁜 독서에 저항하는 책들이 그렇지 않은 책에 비해 반드시 낫다는 보장은 없다. 논리적으로 볼 때, 어떤 아름다움은 남용될 수 있고, 다른 아름다움은 그렇지 않다면 그것은 사고이다. '권장한다'는 것에 관해 말할 것 같으면, 권장은 정도의 차이를 허용한다. 따라서 '허용한다'는 것이 우리의 마지막 보루가 된다. 이상적으로 나쁜 책은 좋은 독서가 불가능한 독서이다. 나쁜 독서에 존재하는 모든 단어는 치밀한 주의를 요구하지 않을 터이며, 그런 책들과 대화하는 것은 여러분에게 단지 스릴이나 백일몽을 만족시켜 주는 아첨이 아닌 이상 아무것도 제공해 주는 것이 없을 것이다. 하지만 '권장'은 좋은 책에 대한 우리의 개념 속으로 들어온다. 우리가 충분히 노력만 한다면 주의 깊고 순종적인 독서가 가능할 것이라는 말로는 부족하다. 저자는 이 모든 노력을 우리에게 떠넘기지 말아야 한다. 저자는 자신의 작품이 주의 깊고 훈련된 독서를 할 만한 가치가 있다는 것을 상당히 보여 주어야 한다.

책에 관한 것이라기보다 독서 방식에 관해 입장을 취하는 것은, 알고 있는 것에서 등을 돌려 미지의 것으로 나아가는 일이라고 반대할 수도 있을 것이다. 어쨌거나 책은 획득할 수 있고, 우리 스스로 그런 책들을 검토할 수 있다. 하지만 다른 사람의 독서 방식에 관해 우리가 어떻게 알 수 있는가? 그러나 이런 반대는 얼핏 생각만큼 그렇게 강력한 것이 아니다.

우리가 이미 지적했다시피, 독서의 판단은 두 겹의 작업이다. 첫째, 우리는 독자를 나누어 비문학적인 사람을 경계선 밖에 위치시킨다. 그런 다음 우리는 경계선 안에서 보다 나은 취향을 가진 사람과 그렇지 못한 사람을 구분한다. 첫번째 작업을 하는 동안 독자 스스로가 우리에게 의식적인 도움을 주지는 않는다. 독자들이 자신의 독서에 관해 말하지 않으며, 심지어 그렇게 하려고 노력하더라도 제대로 표현하지 못했을 것이다. 그들의 경우에 외적인 관찰은 대단히 용이하다. 전체 인생에서 독서가 극히 사소한 역할을 차지하며, 낡은 신문처럼 사용되고 난 뒤 모든 책이 내팽개쳐지는 그런 경우 비문학적인 독서는 확실하게 진단될 수 있다. 책에 대한 열징적이고 지속적인 사랑이 있고, 읽고 또 읽는다면 그 책이 아무리 나쁜 책이라고 우리가 간주했다 하더라도, 그 독자가 아무리 미성숙하고 교육받지 못한 사람이라고 할지라도 그렇지 않다. (내가 의미하는 재독이란 물론 선택할 수 있는 재독이다. 책이 거의 없는 집에서 사는 고독한 어린아이나, 혹은 오랜 항해를 하는 선박의 선원은 **별 볼일 없는** 책이라도 재독하지 않을 수 없을 것이기 때문이다.)

우리가 두번째 구분을 할 때——분명히 문학적인 사람의 취향을 승인하거나 비난하는 경우——외적인 관찰에 의한 테스트는 통하지 않는다. 그런 결점을 보상하기 위해 우리는 이제 분명한 의사 표시를 하는 사람들을 다루게 된다. 그들은 자신이 선호하는 책에 관해 말하거나, 심지어 쓰게 될 것이다. 그들은 때때로 분명하게 좋아하는 책이 전달해 주는 즐거움의 종류와 독서 방식에 관해 말할 것이며, 전혀 의도치 않았음에도 불구하고 그들이 책에서 취하게 된 즐거움의 종류와 그 책이 암시하는 독서의 종류를 드러내게 될 것이다. 따라서 우리는 종종 확실성이라기보다는 높은 개연성을 가지고 판단할 수 있다. 그래서 어떤 사람은 로렌스를 자신의 문학적인 장점으로 수용했으며, 누구는 반역이나 가난한 소년이 선량하게 된다는 그런 **이미지**에 주로 매료될 수도 있다. 또 어떤 사람은 시인으로서 단테를 사랑하고, 혹자는 단테를 토마스 아퀴나스의 신봉자로서 사랑한다. 어떤 사람은 저자에게서 자신의 정신적인 존재의 크기를 확장시키고자 추구한다. 작가의 예찬자가 전부 혹은 거의 전부 비문학적인 사람이거나 혹은 반문학적인 사람으로, 아니면 그들의 취향을 위해 **문학 외적인** 동기를 드러내게 될 때 우리는 그런 책을 충분히 의심해 볼 만하다.

물론 우리는 우리 스스로 그런 책을 읽어봄으로써 실험하는 것을 삼가지 말아야 할 것이다. 하지만 우리는 이것을 특정한 방식으로 수행할 수 있다. 우리가 이미 그들에 관해 가졌던 나쁜 의견을 확신하기 위해, 현재 구름에 가려져 있는 일부 저자들(말하자면 셀리나 체스터턴)을 읽어보는 일보다 더 조명해 주는 것은 없을 것이다. 그 결과는 기왕의 결론과 같다. 여러분이 이미 여러분이 만나려고 하는 사람을 불신한다면, 그가 말하고 행한 모든 것은 여러분의 의구심을 확신시켜 주는 듯이 보일 것이다. 우리가 어떤 책이 나쁘다는 것을 알려면, 그 책이 엄청 좋은 책인 것처럼 읽고 난 뒤에라야 비로소 가능하다. 구멍을 찾아낼 수 없는 책은 어디에도 없다. 어떤 책도 독자의 편에서 기본적으로 선의를 가지고 접근하지 않는다면 결코 성공할 수 없다.

천재일우의 기회에 좋은 점을 한 번 발견할 수 있을 정도로 나쁜 것이 확실한 작품을 읽느라고 우리가 꼭 씨름해야 할 필요가 있을까라고 여러분은 물을 수도 있다. 우리가 그런 책에 관해 판단을 내리지 않는 한 그럴 필요는 전혀 없다. 법정에서 진행되고 있는 모든 사건에 관한 증거를 여러분에게 전부 들어야 한다고 요구한 사람은 아무도 없다. 하지만 여러분이 법정 벤치에 앉아 있다면, 게다가 그런 입장에 기꺼이 서겠다고 자원을 했다면 여러분은 마땅히 그렇게 해야 한다. 아무도 나에게 마틴 터퍼나 아만다 로스에 대한 평가를 해달라고 강요하지 않는다. 하지만 내가 그렇게 할 작정이라면 나는 반드시 그들의 작품을 정당하게 읽어야 한다.

필연적으로 이 모든 것은 나쁜 책이 마땅히 받아야 할 혹평으로부터 그런 책을 보호하는 어느 정도 정교한 장치처럼 보일 수도 있다. 혹은 내가 좋아하는 책이나, 내 친구의 책에 대한 나의 안목이라고 생각될 수도 있다. 그 점에 관해서 나는 어쩔 도리가 없다. 나는 불리한 판단은 언제나 가장 위험스러운 판단이라는 것을 사람들에게 확신시키고 싶은데, 왜냐하면 나는 그것이 진실이라고 믿기 때문이다. 그리고 그런 불리한 판단이 왜 그처럼 위험한지, 그 이유가 너무 명약관화하기 때문이다. 부정적인 명제는 긍정적인 명제보다 구축하기가 보다 어렵다. 한 번 얼핏 보고 우리는 방 안에 거미가 있다고 말할 수 있다. 하지만 우리는 거미줄이 그곳에 없었다는 것을 확실하게 말하기 전에 적어도 봄철 대청소를 필히 해야 한다. 우리가 어떤 책을 좋다고 말하고 나면, 우리는 그것에 근거해서 우리 스스로 긍정적인 경험을 하게 된다. 우리가 정말 좋은 독서라고 생각했던 것을 할 수 있고, 그렇게 하도록 권장되고, 또한 그렇게 하지 않을 수 없는 우리 자신을 발견하게 되었다. 하여튼 우리가 할 수 있는 최대로 좋은 독서가 가능해진다. 최고의 독서에 대한 질적인 문제에 약간의 의구심이 남아 있다 하더라도 우리는 어떤 독서가 좋은 것인지, 혹은 나쁜 것인지에 관해 거의 실수하지 않을 것이다. 하지만 어떤 책이 나쁘다라고 선언하려면, 그 책이 우리 자신에게서 좋은 반응이라고는 아무것도 이끌어 내지 못한다는 점을 발견한 것만으로는 충분치 않다. 왜냐하면 그런 식의 반응이 우리 자신의 책임일 수도 있기 때문이다. 우리는 그 책이 나쁜 독서를 유도하기 때문에 나쁘다고 주장하는 게 아니라, 그 책이 좋은 독서를 유도할 수 없기 때문이라고 주장하고 있는 것이다. 이와 같은 부정적인 명제는 결코 확실하게 증명될 수 있는 것이 아니다. "만약 이 책에서 내가 즐거움을 느꼈다면, 그런 즐거움은 일시적인 스릴이나 소망하는 몽상이거나 저자의 의견과 동의할 때라야만 그럴 수 있었다"라고 우리는 말할 수 있다. 하지만 다른 사람들은 내가 할 수 없는 것을 그 책에서 다룰 수 있다.

불행한 역설에 의해 가장 세련되고 가장 예민한 비평은 이런 특정한 위험에 어느 누구나 마찬가지로 노출될 수 있다. 그와 같은 비평은 (너무나 타당하게도) 문체장수의 판단과는 대단히 다른 의미에서 모든 단어를 심사숙고하고, 자신의 스타일로 저자를 판단한다. 이것은 모든 내포적인 의미에 대해 경계하는 것이며, 저자의 태도에 있어서 잘못을 노출시킬 수도 있는 한 단어나 한 구절에 의해 드러난 함축적인 의미를 경계하는 것이다. 그 자체로 볼 때, 이 이상 정당한 것은 있을 수 없다. 하지만 그런 비평가들은 그가 감지했던 훌륭한 명암이 자기 자신의 협소한 서클을 넘어서 실제로 통용되고 있는 것인지 확신할 필요가 있다. 그 비평가가 세련되면 될수록 서로 지속적으로 만나고 서로의 작품을 돌려가면서 읽고, 따라서 그들만의 개별적인 언어를 개발시켰던 대단히 협소한 **문학인들의** 서클 속에서 그는 생활하기 십상이다. 저자 자신이 그런 무대에 속해 있지 않다면——그가 문필인이었다면, 그리고 그런 서클이 존재한다는 것도 모르고 있었던 천재였다면——이와 같은 저자의 단어는 그런 비평가들에게, 아니면 그가 이야기를 나누었던 누군가에게는 존재하지 않는 온갖 함축적 의미를 가지고 있을 것이다. 근래 들어 나는 어떤 구절에다 인용 부호를 붙이는 것이 우습다는 비난을 받았다. 내가 인용 부호를 사용했던 까닭은, 그것이 구어체로 사용할 경우에도 영국적인 것이 아니라 미국적인 것이라고 생각했기 때문이었다. 나는 한 마디의 프랑스어라도 인용할 경우 이탤릭체를 썼어야 했을 곳에 인용 부호를 사용했다. 내가 이탤릭체를 사용할 수 없었던 것은 독자들이 이탤릭체를 강조의 표시로 받아들였을 수도 있다는 점 때문이었다. 나를 비평하는 사람들이 이것이 어색하다고 지적했다면, 그가 옳을 수도 있었다. 하지만 우스꽝스럽다는 비난은, 그 비평가와 내가 상반된 목적을 가지고 있었다는 점을 드러내 보여 주었다. 내가 속한 곳에서는 인용 부호를 사용하는 것이 우습다고 생각하는 사람은 아무도 없다. 아마도 잘못 사용된 것이라고 생각할지는 몰라도 우습다고 생각지는 않는다. 나를 비판하는 비평가들이 속한 곳에서 인용 부호가 일종의 경멸로 사용되었는지도 모른다. 또한 나에게는 외국어처럼 보였던 것이 그에게는 더할나위없이 널리 통용되는 것으로 통할 수 있다. 내가 생각하기로 이런 종류의 일은 유별난 것이 아니다. 비평가들은 그들의 무대에서 공통적으로 사용되는 영어가——실제로 그들이 사용하는 영어가 대단히 비의적이고, 언제나 편리한 것만도 아니며, 항상 재빠르게 변화되는 것인데——교육받은 모든 사람들에게 공통된 것이라 가정한다. 그들은 저자의 숨겨진 태도에서 이상한 징후를 찾아내지만 사실상 그런 징후들은 저자가 생활한 자기 시대의 징후이거나, 그가 런던으로부터 멀리 떨어져 있었기 때문에 비롯된 것일 따름이다. 자기가 식사하고 이야기를 늘어놓는 가족과 대학에서 진행되는 것들을 대단히 순진하게 말하는 그런 저자는 비평가들 사이에서 마치 이방인처럼 당한다. 그가 알 수 없었을 법한 조크나 비극처럼 말이다. '행간을 읽는다'는 것은 필수적이다. 하지만 우리는 그런 실천을 대단히 조심해서 해야 한다. 그렇지 않으면 우리는 처음에는 무슨 대단한 것을 발견한 것인 양 생각했다가 결국은 실속 없는 오해였음이 드러나게 될 것이다.

내가 제안하는 체계와 그 체계의 전체적인 정신은 엄격하게 평가적인 비평, 그 중에서도 특히 비난을 사용할 때 우리의 신념을 온건하게 만들려는 경향이 있다는 것을 부정하지 않는다. 평가적인 비평가는 어원적으로 보면 그들만이 그런 이름에 합당한 비평가들이기는 하지만, 비평가로 불리는 사람들이 그들만 있는 것이 아니다. 매슈 아널드의 비평 개념에 의하면, 평가는 비평에서 지엽적인 역할을 한다. 아널드에게 비평은 '본질적으로' 호기심의 실천이다. 그는 비평을 "모든 소재 그 자체를 위한 정신의 자유스러운 놀이에 대한 사심 없는 사랑"[6]이라고 정의한다. 중요

---

6) 《비평의 기능》.

한 것은 "대상을 있는 그대로 그 자체로 이해하는 것"[7]이다. 호메로스와 같은 시인을 얼마나 많이 좋아해야 하는가를 세상 사람들에게 말해 주기보다, 호메로스가 정확히 어떤 종류의 시인인가를 이해하는 것이 보다 중요한 문제이다. 가장 중요한 가치 판단은 "새로운 지식과 더불어 올바르고 분명한 정신 속에서 거의 부지불식간에 형성하는 것"[8]이다. 아널드적인 의미에서 비평이 질적인 면과 양적인 면 모두에서 적절한 것이었다면, 평가적인 의미에서의 비평은 거의 필요치 않다. 비평가가 가장 하지 말아야 하는 기능이 자신의 평가를 다른 사람에게 강요하는 일이다. "비평의 위대한 기술은 자신은 빠져 나오면서 인류에게 결정하도록 맡기는 것이다."[9] 우리는 비평가들이 존중해야 한다거나, 아니면 경멸해야 한다거나 하는 작품들을 있는 그대로 다른 사람들에게 보여 주어야 한다. 등장 인물을 묘사·정의하고 난 뒤에는 (이제 훨씬 나은 정보를 갖게 된) 그들 자신의 반응에 작품을 맡겨두어야 한다. 한편 비평가는 심지어 가차없는 완벽주의를 채택하지 말아야 한다는 경고를 받는다. 비평가는 "최상이자 완벽에 관한 이상을 유지함과 동시에 그 작품이 제공하는 모든 차선의 것에 기꺼이 접근하는 태도를 견지해야 한다."[10] 한마디로 말해 비평가는 맥도널드과 신의 속성으로, 그리고 체스터턴이 맥도널드를 뒤따라 비평가의 속성으로 정의한 특성을 가져야만 한다. 즉 비평가란 '마음에 들도록 만들기는 쉽지만 만족시키기

---

7) 《호메로스를 번역하면서》, II.

8) 《비평의 기능》.

9) 《이교도와 중세의 종교적인 정서》.

10) 《호메로스를 번역하는 데 있어서 궁극적인 단어》.

는 어려운 존재'가 되어야 한다.

아널드가 파악하고 있는 비평(우리가 생각하기에 아무리 그 자신의 실천이라고 하더라도)에 의할 것 같으면, 그런 비평은 대단히 유용한 행위라고 볼 수 있다. 문제는 책의 장점에 관해 발언하는 비평에 관한 것이다. 말하자면 평가와 평가 절하에 관한 비평이 문제이다. 한때 그와 같은 비평은 저자들에게 유용한 것이라고 주장되었다. 하지만 이같은 주장은 이제 대체로 폐기되었다. 지금은 그런 비평이 가정하는 용도가 독자에게 사용되는 것으로 평가되고 있다. 다름 아닌 바로 그같은 관점에서부터 나는 그런 비평을 여기서 고려해 보고자 한다. 내게 보기에 그런 비평은 좋은 독자가 정말 좋은 책을 읽고, 문학의 가치가 **정말로** 존재할 때, 그런 순간을 증폭시키고 연장시켜 안전하게 해주는 비평의 힘에 토대하여 성공하거나 몰락한다.

이 문제는 몇 년 전까지만 해도 한번도 제기한 적이 없었던 질문을 나에게 한다. 위대한 문학 작품이나, 혹은 그런 문학의 한 부분이나마 그런 평가적인 비평이 실제로 이해하고 감상하는 데 도움이 되었다고 확실하게 말할 수 있는가?

이 문제에 관해 나를 도와 주었던 것을 심문해 볼 때, 나는 다소 예기치 못했던 결과를 발견한 것처럼 보인다. 평가적인 비평가는 그런 도우미의 목록에서 바닥을 차지한다.

그런 목록의 꼭대기에는 무미건조한 학자들이 자리를 차지한다. 확실히 그 어떤 누구보다도 편집장, 텍스트 비평가, 논평가, 사전편찬자에게 빚지고 있었으며 앞으로도 계속 그들에게 신세지게 될 것임에 틀림없다. 저자가 실제로 썼던 것이 무엇인지를 발굴해 내고 어려운 단어가 의미하는 바가 무엇인지, 그리고 그런 인유(引喩)들이 무엇을 의미했던가를 찾아내라. 그렇게 한다면 여러분은 여지껏 행해졌던 수백 가지의 새로운 해석이나 접근보다 더 많은 것을 나에게 베풀어 주는 것이다.

나는 두번째 목록에 경멸받았던 계급인 문학사가를 위치시켜야만 하겠다. 케르 혹은 올리버 엘턴과 같이 정말로 훌륭한 문학사가를 의미한다. 무엇보다도 그들은 어떤 텍스트들이 존재한다고 말해 줌으로써 나를 도와 주었다. 하지만 그보다 더욱 도움을 준 것은 그런 텍스트들의 맥락을 위치지어 주었기 때문이다. 그로 인해 어떤 요구들이 그들을 만족시킬 수 있는지를 나에게 말해 주었다. 그리고 독자의 마음에 그들이 제안하고자 하는 내용이 무엇인지를 말해 주었다. 이런 문학사가들은 잘못된 접근법에 고개를 돌리도록 만들어 주었다. 그들은 그들이 말을 건넸던 사람들의 마음의 틀 속으로 내가 어느 정도까지 들어갈 수 있도록 해주고, 무엇을 찾아야 하는지 가르쳐 주었다. 이런 일이 가능했던 까닭은, 이런 문학사가들이 대체로 아널드의 충고를 좇아 그들 스스로는 텍스트로부터 비켜나 있었기 때문이다. 그들은 책을 평가하는 것보다는 책을 기술하려는 데 훨씬 더 관심이 있다.

세번째 위치에 정직하게 말해 다양한 감정에 호소하는 비평가를 자리매겨야겠다. 그들은 어느 정도 나이가 될 때까지 그들 자신의 열광으로 나를 전염시킴으로써 나에게 좋은 봉사를 해주었다. 감정에 호소하는 이 비평가들은 나를 그들이 흠모했던 저자에게로 보내 주었을 뿐만 아니라, 그들 저자에 대한 훌륭한 욕망과 더불어 나를 그들에게 보내 주었다. 나는 이제 더 이상 이들 비평가들을 다시 읽으면서 즐길 수 없다. 하지만 그들은 한동안 유용했다. 그들이 나의 지적 능력을 개발하는 데 도와 준 것은 거의 없지만, '용기'를 위해 상당한 도움이 되었다. 그렇다, 심지어 매카일에게도 도움이 되었다.

하지만 나는 그런 비평가들(살아 있는 사람은 제외한다)을 위대한 비평가로 등급을 매길 때 경계 태세에 들어가게 된다. 솔직히 말해서 책에 나오는 어떤 장면·장·연·시행을 감상하는 데 아리스토텔레스·드라이든·존슨·레싱·콜리지·아널드 그 자신(실제 비평가로서), 페이터 혹은 브래들리를 읽음으로써 내 안목을 향상시켰다고 확신에 찬 목소리로 말할 수 있을까? 나는 그렇다고 확신하게 대답할 수 없다.

우리가 이미 읽었던 책을 조명해 주는 그 정도에 따라서 비평가를 어김없이 판단하게 된 이래로 그외에 달리 무슨 방법이 있었겠는가? 브뤼네티에르의 《몽테뉴를 사랑하라, 그것이 너 자신을 사랑하는 것이다》는 내가 읽었던 어떤 것보다 깊은 통찰력을 주었던 것처럼 보인다. 하지만 내가 몽테뉴에게서 즐길 만한 요소를 브뤼네티에르가 정확하게 지적했다는 점을 이전에는 그다지 주목하지 않아서 몰랐지만, 그가 지적하는 바로 그 순간 내가 알아차릴 수 있다는 사실을 알아내기 전에 그가 통찰력이 있는지 없는지를 어떻게 알 수 있었겠는가? 따라서 몽테뉴를 즐기는 것이 순서상으로 먼저이다. 브뤼네티에르를 읽는다고 해서 내가 몽테뉴를 즐기는 데 도움을 주지는 않는다. 브뤼네티에르를 즐기도록 해주는 것은 다름 아닌 몽테뉴에 대한 나의 독서이다. 새뮤얼 존슨이 드라이든의 산문에 관해 기술한 것을 알지 못하더라도, 나는 그의 산문을 얼마든지 즐길 수 있었다. 하지만 드라이든의 산문을 읽지 않고서는 존슨이 기술한 것을 충분히 즐길 수가 없었을 것이다. 《프래테리타》[11]에서 보여 준 존슨 자신의 산문에 관해서도, 《무타티스 무탄디스》에서 러스킨이 보여 준 웅장한 묘사에도 이와 동일한 주장이 해당된다. 내가 《티라누스의 오이디푸스》를 읽고 난 뒤, "그래 이것이 바로 이 비극이 겨냥한 바로 그 효과야"라고 말할 수 있지 않는 한, 훌륭한 비극적인 플롯에 관한 아리스토텔레스의 생각이 타당한지, 아니면 말도 안 되는 소리인지를 내가 어떻게 알겠는가? 진실을 말하자면, 우리가 저자를 즐기기 위해 비평가를 필요로 하는 것이 아니라 비평가를 즐기기 위해 저자가 필요한 법이다.

정상적으로 비평은 우리가 이미 읽었던 것에 관해 회고적인 빛을 조명하는 것이다. 때때로 비평은 우리가 이전에 읽었던 것에 대해 지나치게 강조하거나 무시하는 것을 교정해 줄 수 있다. 따라서 앞으로 그 책을 다시 읽을 때 그런 우리의 독서를 항싱시킬 수 있다. 하지만 어떤 독자가 오랫동안 알고 있었던 작품과 관련해서 볼 때 성숙하고 철저한 독자에게 이런 주장은 그다지 해당하지 않는다. 그 많은 세월 동안 그 책을 읽고도 여전히 오독할 만큼 멍청하다면, 그런 독자는 앞으로도 계속해서 오독할 가능성이 있다. 내 경험으로 볼 때, 훌륭한 논평자나 훌륭한 문학사가는 한마디의 칭찬이나 비난 없이도 우리를 올바로 인도하는 것처럼 보인다. 그리고 행복한 시간에 독자적으로 읽고 또 읽는 재독의 경우에도 마찬가지이다. 우리가 선택을 해야만 한다면, 초서에 관한 새로운 비평을 읽는 것보다 초서를 다시 읽는 것이 언제나 훨씬 나은 법이다.

이것은 우리가 이미 겪었던 문학적인 경험을 회고적으로 재조

---

11) Cap. 12, para. 251.

명하는 것이 아무런 가치가 없다고 주장하는 것과는 거리가 멀다. 우리는 그런 사람들이기 때문에 우리의 경험을 가지고 싶어할 뿐만 아니라, 그런 경험을 분석하고 이해하고 표현하고 싶어한다. 무릇 인간으로서——인간이 된다는 것은 사회적인 동물이 된다는 것이다——우리는 문학과 관련된 것뿐만 아니라 음식, 풍경, 게임, 존중되는 공통의 안면 있는 인물을 서로 '비교하고' 싶어한다. 우리는 우리가 즐기는 것을 다른 사람들은 어떻게 즐기는지를 정확하게 듣고 싶어한다. 바로 그런 이유 때문에 우리는 일급 정신의 소유자들이 위대한 작품에 어떤 반응을 보이는지 특히 듣고 싶어할 것임에 틀림없다. 그것이 바로 우리가 위대한 비평가들을 흥미롭게 읽는 이유이기도 하다. (종종 그다지 그들의 의견에 동의하지 않는다 하더라도) 그들은 대단히 좋은 독서이다. 다른 사람의 독서에 도움을 주는 것으로서, 그들의 가치는 내가 보기에 과대 평가된 바 있다.

이 문제에 관한 그와 같은 입장이 비평의 불침번학파로 불리는 것을 만족시킬 수 없지 않을까라는 두려움에 나는 사로잡힌다. 이들 불침번학파에게 비평은 사회적이고 윤리적인 위생학의 한 형태가 된다. 그들은 모든 분명한 사고와 실재의 모든 의미와 인생의 아름다움들이 광고와 선전과 영화와 텔레비전에 의해서 위협받고 있는 것으로 이해한다. 미디언의 주인들은 '먹이를 찾아 배회하면서 주위를 돌아다닌다.' 하지만 그들은 그 중에서도 특히 활자화된 단어 위를 가장 위험스럽게 배회하고 있다. 활자화된 단어는 가장 미묘하게 위험해서, 경계선 너머에 있는 분명한 쓰레기 문학에서가 아니라 경계선 안에 있는 (당신이 보다 잘 알기 전에는) '문학적'인 것으로 보이는 그런 저자들 안에서 바로 그 선민들을 기만하려고 하는 것처럼 보인다. 윌리엄 버로스와 서부물은 오로지 어중이떠중이나 속일 뿐이다. 하지만 보다 교묘한 독약은 밀턴·셸리·램·디킨스·메러디스·키플링·드라 메어 속에 잠복해 있다는 것이다. 이와 같은 독약에 저항하기 위해 우리의 불침번학파들은 우리의 충실한 경비원이자 탐정이다. 그들은 좋아하는 것과 싫어하는 것에 대해 아널드가 보여 준 '완고함과 지나친 격정'과 신랄함으로 비난받았다. 내가 생각하기에 그것은 편협한 분노의 침전물이다.[12] 하지만 이런 비판은 정당한 것이 아닐 수도 있다. 그런 불침번학파는 정말로 정직하고 전적으로 진지할 수 있다. 그들은 악 그 자체를 찾아내어 탐지하고 있다고 믿는다. 그들은 진지하게 성 바울로처럼 말할 수 있었다. "내가 복음을 전도하지 않으면 나에게 재난 있을진저"라고 말할 수 있었던 바울로처럼, 그들은 내가 천박함과 표피성과 그릇된 감상과 그들이 무엇을 감추었든지간에 그것을 찾아내 폭로하지 못한다면 나에게 재앙이 있을진저라고 말이다. 진지한 심문관이나 진지한 마녀 색출자는 온건한 방식으로 자신의 선택된 일을 할 수가 없는 법이다.

불침번학파가 훌륭한 독서를 도와 주는지, 아니면 그것을 방해하는지를 결정할 수 있는 공통된 문학적인 근거를 찾아낸다는 것은 분명 어려운 작업이다. 그들은 그들이 훌륭하다고 생각하는 그런 종류의 문학적인 경험을 증진시키려고 애쓴다. 하지만 훌륭한 문학에 관한 그들의 개념은 훌륭한 인생에 대한 총체적인 개념을 가지고 꿰맨 자국이 없는 완전한 전체를 만들어 내는 것

---

12) 《호메로스를 번역하는 데 있어서 궁극적인 단어》.

이다. **규칙대로** 결코 착수할 수 없다 하더라도 가치에 대한 전체적인 그들의 공식은 모든 비평적인 행위에 개입한다. 모든 비평은 문학 아닌 모든 문제에 대한 비평가의 입장에 의해 틀림없이 영향을 받는다. 하지만 그곳에는 자유로운 놀이도 있고, 때로는 불신(혹은 신념)의 중지를 기꺼이 할 경우도 있으며, 일반적으로 우리가 생각하기에 나쁜 작품을 좋게 표현한 것을 읽는 동안 심지어 혐오감마저 중지시킬 경우도 더러 있다. 우리는 오비디우스가 자신의 포르노그래피에서 구역질나고 질식시킬 것 같은 느낌을 방지하는 데 성공했다는 점에서 그를 칭찬할 수 있었다. 어떤 사람은 하우스먼이 "짐승 같은 인간과 불한당들이 세계에 대한 흉내로서 우아한 것에 대한 반복된 관점을 만들어 냈다"고 이해하는 반면, 또 다른 사람들은 냉정한 시간에 실제 우주에 관한 가설을 토대로 하여 볼 때 이런 관점은 엉터리로 간주해야 한다고 주장한다는 사실을 우리는 인정할 수 있었다. 어떤 의미에서 사람들은 《아들과 연인》에서 젊은 한 쌍이 숲에서 성행위하는 장면을 인생이란 커다란 '곡식더미'에 매달린 '알곡'으로 느끼도록 만들어 줌으로써 어느 정도 즐기게——그것이 느낌을 이끌어 낼 수 있기 때문에——해줄 수 있는 반면, 분명하게 판단해 보건대 다른 일부 사람에게 이 장면은 베르그송적인 생의 숭배와, 그로부터 이끌어 낸 결론이 대단히 뒤죽박죽이고 유해한 것으로 간주될 수도 있다는 것이다. 하지만 불침번학파는 표현이 바뀌는 모든 곳에서 생사에 관한 문제를 수용할 것인가, 아니면 거부할 것인가 하는 태도에 있어서 문제적인 징후를 발견하고는 그들 스스로에게는 이런 자유를 허용하려 들지 않는다. 그들에게는 어떤 것도 취향의 문제가 될 수 없다. 그들은 미학과 같은 경험의 영역을 인정하지 않는다. 그들에게는 특별히 문학적인 선도 없다. 한 작품이나 심지어 한 구절도 단지 선한 것이 아니라면 그들에게는 좋은 작품이나 구절이 될 수 없다. 말하자면 그 작품이 훌륭한 인생에 근본적인 요소가 되는 그런 태도를 드러내지 않는 한 좋은 것이 될 수 없다. 여러분은 그들의 비평을 수용한다면 훌륭한 인생에 대한 그들의 (암시된) 개념을 받아들여야 한다. 말하자면 여러분은 그들을 현자로서 존경할 수 있으려면 그들을 비평가로 존중해야 한다. 우리가 그들을 현자로 존중하기 전에 우리는 그들의 전체 가치 체계를 비평의 도구가 아니라, 그 자체의 발판이자 자격증——자신을 적합한 판관이자 도덕군자이며 윤리적인 신학자로 보도록 권장하는——을 제공하는 것으로써 제시하는 것을 이해할 필요가 있다. 왜냐하면 우리는 그들이 훌륭한 비평가이기 때문에 그들을 현자로 받아들이고, 그들이 현자이기 때문에 훌륭한 비평가로 믿는 그런 순환논법에서 벗어나야 한다.

그러는 사이에 우리는 이 학파가 할 수 있는 것에 최선을 나하기 위해 판단을 중지해야 한다. 하지만 심지어 그러는 사이에 이런 학파가 해를 끼칠 수 있는 징후가 있다. 우리는 공중안보위원회·마녀사냥꾼·**KKK**단(Ku Klux Klans)·오렌지맨·매카시주의자, 그리고 **이와 마찬가지의 모든 일들이** 전투를 벌이려고 채비를 하는 사람들에게는 대단히 위험한 것이 될 수 있다. 기요틴의 사용은 중독된다. 따라서 불침번 비평 아래서는 거의 매달마다 새로운 머리가 기요틴에서 떨어져 내린다. 인정된 저자의 목록은 점점 불합리할 정도로 줄어든다. 누구도 안전할 수 없다. 인생의 불침번 철학이 잘못된 것으로 마침내 드러난다 하더라도, 불침번 비평이 좋은 책과 좋은 독자가 결합하는 많은 행복을 이미 방해해 왔음에 틀림없다. 설혹 그와 같은 비평이 올바르다고 하더라도, 속지 않기 위해 그처럼 단단히 무장하려고 결심하는 그와 같은 경계 태도가 겉만 번지르르하게 호소하는 것——매혹된 눈으로 그처럼 엄격하게 파수하는 것——에 굴복하지 않고, 좋은 작품을 수용하는 데 필요한 공손한 태도와 일치하는 것인지는 의구심의 대상이 될 수 있다. 철저하게 무장하면서 동시에 복종할 수는 없는 법이다.

어떤 사람을 날카롭게 해주고 모든 것을 그에게 설명해 주어야 한나고 완고하게 요구하고, 그러면서 여러분의 질문에는 요리조리 잽싸게 몸을 피하고, 모든 외관상의 불일치에는 가차없이 덤벼드는 것은 그릇된 증언이나 꾀병을 폭로하는 좋은 방법일 수 있다. 불행하게도 수줍고 말수가 적은 사람이 여러분에게 진실하고 힘든 이야기를 하려고 한다면, 여러분은 그의 이야기를 결코 배우지 못하게 될 것이라는 점 역시 사실이다. 나쁜 저자에 의해 사기당하지 않기 위해 무장하고 의심하는 접근 방식은 좋은 작가——특히 그런 작가가 유형과 상관 없는 작가라면 더욱 그렇다——의 포착하기 힘들고 수줍은 장점에 맹목이 되거나 귀머거리가 된다.

나는 평가적인 비평의 합법성과 환희에 관해서가 아니라, 그것의 필연성과 유용성에 관해 회의적인 입장으로 남아 있다. 특히 지금 현재 그렇다. 대학의 영문학과에서 우등생의 페이퍼를 쳐다보는 모든 사람들은, 다른 사람의 책이라는 안경을 통해 책을 통독하는 것이 증가하는 추세임을 우울하게 주목해 왔다. 모든 희곡·시·소설에 관해 그들은 유명한 비평가의 견해를 반복한다. 초서와 셰익스피어 비평에 관한 놀랄 만한 지식이 초서와 셰익스피어에 대한 대단히 부적절한 지식과 공존하고 있다. 우리는 점점 더 개인적인 반응과 만날 기회가 없어지고 있다. 가장 중요한 결합인 독자와 텍스트의 만남은 결코 저절로 일어나지도 않으며, 자연스럽게 발전하는 것도 아닌 듯해 보인다. 일차적인 문학 경험이 더 이상 가능하지 않은 지점에 이를 정도로 비평에 의해 흠씬 젖고, 현혹되어 혼란스러워진 젊은이들이 분명 여기에 있다. 나에게는 이런 사태가 불침번 비평이 우리를 보호하기 위해 떼어 놓으려고 애쓰는 그런 문화보다 훨씬 더 우리 문화에 위협적인 것처럼 보인다.

그와 같은 비평의 폭식은 위험하기 때문에 즉각적인 치료가 요구된다. 폭식은 금식의 아버지라고 우리는 들었다. 나는 평가적인 비평 방법으로 독서하고 글쓰는 것에서부터 10년 내지 20년은 떨어져 있는 것이 우리에게 진정한 도움이 되리라고 본다.

에필로그

조사 과정에서 나는 문학이 (a) 인생에 관해 우리에게 진실을 말해 주는 것으로 (b) 문화에 도움이 되는 것으로 평가되어야 한다는 입장에 반대해 왔다. 나는 또한 독서하는 동안 우리는 작품을 목적 그 자체로 수용해야 한다고도 말했다. 그리고 나는 오로지 훌륭한 작품이 아닌 문학은 어떤 것도 문학일 수 없다는 불침번 학파의 믿음에 반대했다. 이 모든 입장은 특별하게 문학적으로 '훌륭하고' '가치 있는' 것으로서의 문학이라는 개념을 함축한다. 일부 독자들은 이 '훌륭한 것'이 과연 무엇인지 내가 정확하게 밝히지 않았다고 불평할 수도 있다. 그들은 내가 쾌락주의 이론을 제안하면서 문학적으로 훌륭한 것과 쾌락을 동일시하고 있는 것은 아닌가라고 물을 수 있다. 혹은 내가 크로체와 마찬가지로 '미학적인 것'을 논리적이고 실제적인 것과는 완전히 구별되는 경험 양식으로 설정하는 것은 아닌가라고 물을 것이다. 왜 나의 패를 테이블 위에 펼쳐 놓지 않느냐고?

이런 종류의 작업에서 그렇게 해야 할 분명한 의무가 있다고 생각지는 않는다. 나는 내부로부터 문학적인 실천과 경험에 관해 기술하고 있다. 왜냐하면 나는 내 자신이 문학적인 사람이면서 다른 문학적인 사람들에게 말을 건네고 있기 때문이다. 여러분과 특히 나 자신이 문학의 미덕이 무엇에서 비롯된 것인지에 관해 정확하게 논의해야만 하고, 또한 그럴 만한 자격이 있다고 생각하는가? 어떤 행위의 가치를 설명하고, 더 나아가 그것을 가치의 위계 질서 속에 자리매김한다는 것은 대체로 그런 행위 자체가 필요로 하는 작업은 아니다. 수학자는, 물론 그가 그럴 수도 있지만 수학의 가치를 논의할 필요가 없다. 요리사와 **미식가**는 요리에 관해 논의할 자격이 있을 수 있다. 하지만 그들은 '만약에'라거나 '왜'와 같은 질문을 고려하지 않는다. 음식이 얼마나 맛있게 요리되어야 하는가, 그것이 얼마나 중요한가라는 문제는 중요하다. 그런 질문은 아리스토텔레스였더라면 '보다 지식 구조적' 질문이라고 불렀음직한 것이다. 왕위를 노리는 여성이 분명히 있다면 이런 질문은 지식의 여왕에 속한 것이다. 우리는 '우리 자신의 입장을 대단히 중요한' 것으로 간주하지 말아야 한다. 훌륭한 독서와 나쁜 독서에 관한 우리의 경험을 문학적으로 훌륭한 것의 본성과 위상을 뒷받침하기 위해 충분히 형성된 이론으로 끌어다 붙이는 것은 불리할 수도 있다. 우리는 우리의 이론을 뒷받침하기 위해 우리 경험을 속이고 싶은 유혹에 넘어갈 수도 있다. 우리의 관찰이 특히 문학적인 것이 되면 될수록 더더욱 가치의 이론에 의해 오염되지 않을 것이며, 그럴 때라야만 더더욱 그런 관찰은 지식 구조적으로 유용한 탐구가 될 것이다. 문학적으로 훌륭한 것에 관해 우리가 말한 것은, 그와 같은 의도가 전혀 없이 말할 때 자신의 이론을 증명하거나 왜곡하는 데 가장 도움이 된다.

그럼에도 불구하고 음흉한 해석에 관해 침묵할 수도 있기 때문에, 나는 내가 쥐고 있는 얼마 안 되는 평범한 패를 테이블 위에 펼쳐 놓고자 한다.

우리가 지식의 문학과 권력의 문학을 포함시키기 위해 가장 넓은 의미로 문학을 다룬다면, "어떤 사람이 쓴 것을 독서할 때 얻는 이점은 무엇인가"라는 질문은 "어떤 사람이 말할 때 귀 기울이는 것이 무슨 이점이 있는가"라는 질문과 유사하다. 여러분이 원하는 모든 정보와 오락과 충고와 반박과 즐거움을 제공할 수 있는 자원 속에 여러분을 포함시키지 않는 한 대답은 뻔하다. 그것이 귀 기울일 만하고 독서할 만한 가치가 있는 것이라면, 열심히 그렇게 할 필요가 종종 있다. 사실상 우리는 심지어 어떤 것이 그렇게 귀 기울일 만한 가치가 없다는 것을 알아내기 위해서라도 열심히 관심을 기울여야 한다.

우리가 좁은 의미로 문학을 다룰 때, 이 질문은 보다 복잡해진다. 문학 예술 작품은 두 가지 측면에서 조명할 수 있다. 문학 예술은 **의미하는 것**임과 동시에 **존재하는 것**이다. 그것은 **로고스**(말해진 어떤 것)임과 동시에 **시학**(만들어진 어떤 것)이다. 로고스로서 문학 예술은 스토리를 말하거나 아니면 정서를 표현하거나 훈계하고, 간청하거나 묘사하고, 웃음을 유발하거나 비난한다. 시학으로서 문학 예술은 그것의 청각적인 아름다움에 의해서, 그리고 연속적인 부분들 사이의 균형과 대조와 통일된 다양성에 의해서 **예술 작품**이 되며, 커다란 만족을 주기 위해 만들어진 어떤 것이 된다. 이런 관점에서 볼 때, 그리고 아마도 오직 이런 관점에서만 그림과 시의 오래된 병렬 관계는 도움이 된다.

문학 예술 작품에서 이 두 가지 특징은 추상화에 의해 분리된다. 작품이 훌륭하면 할수록 보다 과격한 추상화가 느껴지게 된다. 불행하게도 이것은 피할 수 없는 특징이다.

작품을 시학적으로 경험하는 것은 의심할 나위 없이 강렬한 쾌감을 준다. 그런 쾌감을 맛보았던 사람들은 그것을 다시 경험하고 싶어한다. 그런 사람들은 양심에 의해서 그렇게 하지 않을 수 없고, 그들의 필요성에 의해 강박되지 않을 수 없고, 그들의 관심사에 의해 유혹되지 않을 수 없다고 하더라도 동일한 형태의 새로운 경험을 추구한다. 이런 조건을 만족시켜 주는 경험이 즐거움이 아니라고 부정하려는 사람이 있다면, 그는 아마도 그런 것을 배제할 수도 있는 즐거움에 대한 개념 정의를 해보라는 요청을 받게 될 것이다. 문학이나 예술 일반에 관한 그저 쾌락주의적인 이론에 대한 진정한 반대는 '쾌락'이라는 것이 대단히 고급스럽기 때문에, 따라서 대단히 무의미한 추상화라는 것이다. 이것은 너무나 많은 외연과 너무나 적은 내포를 암시한다. 어떤 것이 쾌락이라고 여러분이 나에게 말해 준다면, 나는 그것이 복수이거나 버터를 발리 구운 토스트인지, 성공인지, 아니면 흠모인지, 위험으로부터 구제이거나 할퀸 상처인지 알 수가 없다. 그러면 여러분은 문학은 단지 쾌락을 제공하는 것이 아니라, 문학에 고유한 쾌락을 제공하는 것이라고 말해야 할 것이다. 이 '적절한 쾌락'을 정의함으로써 여러분이 해야 할 진정한 일이 수행되게 될 것이다. 이 일을 끝마칠 무렵쯤이면, 처음에 여러분이 시작하면서 **쾌락**이라는 단어를 사용했다는 사실이 그다지 중요하지 않은 것처럼 느껴지게 될 것이다.

따라서 비록 사실이라 할지라도 시학의 형태가 우리에게 쾌락을 준다고 말하는 것은 도움이 되지 않는다. 우리는 시간의 경과(음악과 문학의 한 부분들이 그러는 것처럼)에 따라 한 부분이 또 다른 부분에 뒤따라올 때 적용할 수 있는 것으로서 '형태'라는 개념은 은유라는 사실을 기억해야 한다. 시학의 형태를 즐긴다는 것은 (문자 그대로) 집이나 꽃병의 형태를 즐기는 것과는 대단히 다른 어떤 것이다. 시학의 부분들은 우리 스스로 만들어 내는 어떤 것이다. 우리는 다양한 상상력을 즐기고 상상된 느낌을 즐기며, 질서와 일정한 템포 속에서 시인에 의해 사유된 사상을 즐긴다. (대단히 '신나는' 스토리가 최고의 독서를 거의 이끌어 낼 수 없는 이유 중 하나는, 탐욕스런 호기심으로 인해 저자가 의도한 것 이상으로 잽싸게 페이지를 넘기고 싶도록 우리를 유혹하기 때문이다.) 이런 독서는 전문가의 지시에 따라 '운동을 하거나' 혹은 탁월한 안무가에 의해 창출된 가무곡에 참여하는 것이라기보다는 꽃병을 쳐다보는 일과 보다 흡사하다. 우리의 능력을 발휘하는 것은 그 자체로 즐겁다. 복종할 만한 가치가 있으며, 복종하는 것이 쉽사리 획득될 수 없는 것에 성공적으로 복종하는 일은 하나의 즐거움이다. 그리고 시학과 운동과 그런 춤이 장인에 의해 고안된다면, 휴식과 운동과 빠름과 느림과 보다 쉽고 보다 힘든 구절은 우리가 그런 것을 필요로 할 때 정확히 나타나게 될 것이다. 우리는 그것이 충족될 때까지 전혀 의식하지 못하고 있었던 결핍의 만족에 의해 신이 나고 놀라게 될 것이다. 모든 것이 끝이 나면 충분히 지칠 테지만 '곡이 진행되는 도중에는' 지나치게 지치지 않을 것이다. 그 곡이 조금이라도 일찍——혹은 조금이라도 늦게——혹은 다른 방식으로 끝난다면, 우리는 그것을 도저히 참아 주지 못할 것이다. 전체 공연을 뒤돌아보면서 우리는 우리의 본성이 요구했던 바로 그런 행위의 형태와 배치를 통해 모든 것이 진행되고, 그것에 의해 우리가 인도되었음을 느끼게 될 것이다.

그런 공연이 우리가 보고 느끼기에 좋은 것이 아니었다면, 그런 경험은 우리에게 영향을 미칠 수 없었다——**이와 같은** 즐거움을 줄 수 없었다. 그것이 시학이나 춤이나 운동을 넘어 어떤 목적에 봉사하는 수단으로 좋은 것이 아니라, 바로 여기 우리에게 좋은 것이 아니라면 말이다. 위대한 작품의 마지막에 이르러 맛보는 휴식과 약간의 (기분 좋은) 피로와 초조감의 증발은, 그것이 우리에게 좋은 영향을 미쳤음을 주장하는 것이다. 이것이 아리스토텔레스의 **카타르시스** 원리 이면에 있는 진실이며, 위대한 비극을 끝낸 뒤에 우리가 느끼는 '마음의 평정'이 진실로 의미하는 바는 "지금 이 순간 이 자리에서 모든 것이 신경 체계와 잘 어울린다"는 것 뒤에 감춰진 진실이다. 나는 이 두 가지 이론 중 어느것에도 동의할 수 없다. 내가 아리스토텔레스의 이론을 수용할 수 없는 이유는, 세상은 카타르시스가 무엇을 의미하는지 동의했던 바가 없기 때문이다. 리처즈 박사의 이론을 받아들일 수 없는 까닭은, 그의 이론이 가장 저차원적이고 가장 빈약한 형태의 이기적인 성 쌓기와 위험하리만큼 근접해 있기 때문이다. 리처즈가 보기에 비극은 처음에, 그리고 가장 상상적인 차원에서 행동——끔찍한 것[13]에 접근하려는 충동과 그것으로부터 달아나고 싶은 충동——과 분명히 충돌할 수도 있는 충동을 결합하도록 해준다. 바로 그렇다. 피크위크 씨의 자선 행위에 관해 읽으면서, 나는 돈을 주고 싶은 욕망과 그 돈을 간직하고 싶은 욕망을 결합시키고(처음에는) 있었다. 《말돈》을 읽으면서 나는 (동일한 차원에서) 대단히 용감해지고 싶은 소망과 안전하고 싶다는 소망을 결합시키고 있었다. 따라서 초기 단계는 여러분이 케익을 먹

---

13) 《*Principles of Literary Criticism*》(1934), pp.110, 111, 245.

으면서도 그것을 감지하는 곳이며, 위험을 감수하지 않고도 영웅적이고, 아무것도 베풀지 않으면서도 자비로울 수 있는 곳이다. 문학이 나에게 이런 일을 베풀어 주는 것이라고 생각한다면, 나는 그런 문학을 두 번 다시 읽지 않아야 한다. 하지만 아리스토텔레스와 리처즈 박사 모두를 거부했음에도 불구하고 그들의 이론은 **어느 정도** 타당하며, 문학 작품에서 '인생관'이나 '인생철학'의 가치를 발견하려는 그 모든 사람들에게 저항할 수 있다고 생각한다. 그들의 이론은 우리가 독서하는 동안 우리에게 발생했던(우리가 실제로 그렇게 느낀 것) 장점을 위치시킨다. 이런 미덕을 단지 동떨어지고 그저 그럴듯한 결과로서가 아니라 실제로 그렇게 위치시킨다는 점이다.

다름 아닌 시학이 됨으로써 로고스는 문학 예술에서 훌륭한 작품이 된다. 이와 반대로 시학이 구축한 하모니로부터 이끌어 낸 상상력·정서 그리고 사상 등은 우리 안에서 로고스에 의해 자극되고, 로고스를 향해 나아가며, 로고스 없이는 결코 존재할 수 없을 것이다. 우리는 폭풍우 속에서 리어 왕을 가시화한다. 우리는 그의 분노와 공감한다. 우리는 리어 왕의 전체 이야기를 연민과 공포로 간주한다. 따라서 우리가 반응하는 것은, 그 자체로서는 비문학적이며 비언어적인 어떤 것이다. 사건에 관한 문학은 이런 반응을 불러일으키고, 이런 반응을 '춤'과 '운동'의 패턴 속에서 순서 있게 자리매김하기 위해 폭풍우와 분노와 전체 스토리를 재현하는 세계 속에 놓이게 된다. 시학과 마찬가지로 존 던의 《유령》은 대단히 단순하지만 효과적인 플롯을 가지고 있다. 직접적으로 모욕을 주는 태도는 예기치 않게 모욕의 클라이맥스로 유도하는 것이 아니라, 그보다 훨씬 더 음흉한 침묵으로 나아가게 된다. 이런 패턴의 재료는 우리가 읽어나가는 동안 던과 공유하게 되는 심술이다. 이 패턴은 재료에 합목적성과 일종의 기품을 부여하게 된다. 이와 유사하게 혹은 보다 광범위한 규모로 존 던은 그가 제시했거나, 혹은 그럴 것이라고 가장했던 우주에 관한 우리의 느낌과 이미지에 형태와 질서를 부여한다. 과학적이거나 혹은 정보 제공적인 독서와 대립되는 것으로서 엄격하게 문학적인 독서의 특징은 로고스를 믿거나 인정할 필요가 없다는 점이다. 우리들 중 대부분은 던의 우주가 실제 우주와 유사하다고 믿지 않는다. 실제 생활에서 우리들 중 대부분은 던의 《유령》에 표현된 감정들이 어리석고 타락된 것으로 판단할 수도 있다. 심지어 그보다 더 나쁜 것은 재미가 없다는 점이다. 우리들 중 어느 누구도 동시에 하우스먼의 인생관과 체스티턴의 인생관을 받아들이지 않는다. 혹은 피츠제럴드의 《오마르 하이얌의 루바이야트》와 키플링을 동시에 받아들이지 않는다. 그렇다면 결코 일어나지 않았던 스토리가 우리 가슴에 자리잡고, 우리 스스로는 피하고 싶었던 그런 감정들을 대리만족적으로 우리 가슴에 들어오는 것이 무슨 소용이 있는가? 혹은 그런 것을 옹호할 필요가 과연 있을까? 결코 일어날 수 없는 일에 우리의 내면적인 시선이 진지하게 고정되는 것이 과연 무슨 소용이 있는가? 말하자면 단테의 지상 천국과 바다에서 솟구친 테티스가 아킬레스에게 위안을 주는 것, 초서나 스펜서의 자연의 신부, 마리너의 해골의 배에 진지하게 관심을 표명하는 것이 무슨 이익이 되는가?

시학으로서의 특징 속에 문학 작품의 전체 덕목을 위치시킴으로써 이런 질문을 회피하려고 해도 아무런 소용이 없다. 왜냐하면 시학이 만들어 놓은 로고스에 대한 우리의 다양한 관심사로부터 그런 질문이 나오기 때문이다.

내가 대답하려고 했던 것 중에서 가장 근접한 것은 우리가 우리 존재의 확장을 꾀한다는 점이다. 우리는 우리 자신 이상이 되고 싶어한다. 본성상 우리들 각자는 자기 자신의 관점에서, 그리고 자신에 특이한 선택적인 관점에서 전체 세계를 이해한다. 우리가 사심 없는 환상을 쌓아올릴 때마저도 이런 환상들은 우리 자신의 심리에 흠뻑 젖어 있거나, 그로 인해 한계지어져 있다. 감각적인 차원에서——달리 표현하자면 원근법을 무시하지 않는 차원에서——이러한 특수성에 순응하는 것은 미친 짓이 될 것이다. 그렇다면 우리는 철로가 뒤로 멀어지면서 점점 더 좁아진다고 믿어야 한다. 하지만 우리는 보다 고차적인 차원에서 그와 같은 원근법의 환영에서 벗어나고 싶어한다. 우리는 우리 자신의 눈과 마찬가지로 다른 눈으로 다른 상상력으로 상상하고 싶어하고, 다른 가슴으로 느끼고 싶어한다. 우리는 라이프니츠의 단자에 만족할 수 없다. 우리는 창문을 원한다. 로고스로서의 문학은 일련의 창문이자 심지어 문이다. 위대한 작품을 읽고 난 뒤에 우리가 느끼는 것 중 하나는 '내가 벗어났다'는 느낌이다. 혹은 다른 사람의 관점 속으로 '내가 그 안에 들어갔다'는 느낌이다. 달리 말하자면 다른 단자의 껍질을 뚫고 들어가 그 안이 무엇과 같은지 알아내고 싶은 것이다.

따라서 훌륭한 독서는 그것이 비록 근본적으로 정서적·윤리적·지적인 행위가 아니라 할지라도, 이 세 가지 모두와 공통된 무엇을 가지고 있다. 사랑 속에서 우리는 우리의 자아에서 벗어나 다른 사람 속으로 도피한다. 윤리적인 영역에서 판단이나 자선의 모든 행동은 우리 자신을 다른 사람의 위치에 놓음으로써 우리의 경쟁적인 특이성을 초월코자 하는 것이다. 어떤 것을 이해하게 됨으로써 우리는 있는 그대로의 사실을 선호하여 그런 사실들이 우리를 위해 존재한다고 보는 것을 거부토록 해준다. 이 모든 것의 원초적인 충동은 자기 자신을 유지하고 확장하는 것이다. 이차적인 충동은 자아로부터 벗어나는 것이며, 자아의 편협성을 교정하고 자아의 고독을 치유하는 일이다. 사랑·미덕·지식의 추구, 예술의 수용에서 우리는 이렇게 하고 있다. 확실히 이런 과정은 자아의 확대나, 혹은 자아의 일시적인 소멸로 간주될 수 있다. 하지만 이것은 오래된 역설이다. "그가 생명을 저버리고자 하면 얻을 것이로다"와 같은 오래된 역설 말이다.

따라서 우리는 비록 그들의 신념이 사실이 아니라고 생각할지라도 다른 사람의 신념(루크레티우스나 로렌스의 신념 속으로) 속으로 들어가는 즐거움을 맛본다. 그런 열정을 타락한 것이라고 생각할지라도, 말로나 칼라일의 열정과 같은 열정 속으로 들어가는 즐거움을 우리는 맛본다. 그런 상상력이 내용의 리얼리즘을 결여하고 있다고 생각하더라도 그런 상상력 속으로 들어가는 즐거움을 맛보게 된다.

그렇다고 해서 내가 힘의 문학을 지식의 문학 안에서 한 분야로 만들고 있는 것처럼 이해해서는 안 된다. 다른 사람의 심리에 관한 우리의 이성적인 호기심을 만족시키기 위해 존재하는 한 분야로 간주해서는 안 된다. 이것은 아는 것의 문제가 전혀 아니다. 이것은 **아는 것**(savoir)의 문제가 아니라 **인식하는 것**(connaître)의 문제이자 **체험**(erleben)의 문제이다. 우리는 다른 자아가 된다. 다른 자아가 과연 어떤지를 이해하기 위해서 주로 그럴 뿐만 아니라 그들이 무엇을 보고 무엇에 관심이 있으며, 거대한 극장에서 그들의 좌석은 한동안 어디에 있는지, 그들이 안경은 사용하는지, 그런 안경이 드러내 보여 주는 것이 통찰·기쁨·공포·경이 혹은 유쾌함 등과 같이 그것이 무엇이든지간에, 그런 것들로부터 자유스럽게 만들어져 나오는 것을 보기 위해 그렇게 한다. 고로 이런 것은 시에서 표현된 분위기가 진실로, 그리고 역사적으로 시인 자신의 것인지 아니면 시인이 상상했던 것인지라는 질문과는 무관한 것이다. 여기서 중요한 것은 우리에게 그 시를 생생하게 경험하도록 만들어 주는 그의 능력이다. 나는 역사적인 인물로서의 존 던이 《유령》에서 표현되었던 분위기보다 더욱 장난스럽고 극적인 분위기를 줄 수 있는지 의심스럽다. 나는 아직 실존 인물인 알렉산더 포프가 그가 썼던 시를 제외한다면, (풍자시의) 첫머리에 "그래, 나는 내가 자랑스러워"[14]라고 표현한 것을 그 구절보다 더 극적으로 느낄 수 있었을는지 의아스럽다.

내가 이해하기로는 이것이 로고스로 간주된 문학의 특수한 가치이거나 장점이다. 이런 문학은 우리 자신의 것이 아닌 경험을 우리에게 허용해 준다. 타인의 경험은 우리 자신의 개인적인 경험과 마찬가지로 가질 만한 가치가 있다. 하지만 어떤 경험은 다른 경험보다 더욱 우리에게 '흥미'를 준다고 말할 수 있다. 이런 흥미가 유발되는 원인이 극도로 다양한 것임은 당연하며, 사람에 따라 천차만별이다. 이런 관심사는 전형적일 수 있으며(우리는 "정말 사실이군!"이라고 말할 수도 있다), 혹은 혐오감을 주는 (우리는 "세상에 이럴 수가 있을까!"라고 말할 수도 있다) 것일 수도 있다. 그것이 아름다운 것일 수도 있으며 끔찍한 것일 수도,

---

14) 《Epilogue to the Satires》, dia. II, I. 208.

경외감을 고취시키는 것일 수도 있으며 상쾌한 것일 수도, 연민을 자아내거나 코믹한 것이거나 혹은 그저 통쾌한 것일 수도 있다. 문학은 이 모든 경험이 들어오도록 해주는 **입구**이다. 평생 동안 진정한 독자였던 그런 사람들 중에 우리의 존재가 얼마나 확장되었는지의 그 모든 것을 저자의 덕분으로 돌려야 할 것에 관해 충분히 깨닫고 있는 사람은 드물다. 비문학적인 친구와 대화를 하다 보면 그런 저자들의 덕택을 그때서야 비로소 충분히 깨닫게 된다. 그 비문학적인 친구는 충분히 선량하고 양식 있는 사람일 수도 있다. 하지만 그는 자신의 협소한 세계에서 사는 사람일 수도 있다. 그 협소한 세계 안에서 우리는 질식할 것임에 틀림없다. 오로지 자기 자신에게만 만족하고 사는 사람, 고로 자아 이하로 사는 사람은 감옥 속에 있는 것이다. 내 자신의 시신은 심지어 나에게도 충분치 않다. 왜냐하면 나는 다른 사람의 시선을 통해서 보게 될 것이기 때문이다. 심지어 다수의 시선을 통해 본다 하더라도 실재를 파악하는 데는 그것만으로는 충분치 않다. 우리는 다른 사람이 창조한 것을 보게 될 것이다. 모든 인류의 눈으로 본다 하더라도 그것만으로는 충분치 않다. 나는 짐승들이 책을 쓸 수 없다는 것을 유감으로 생각한다. 쥐나 꿀벌에게는 사물이 어떻게 나타나는지에 대해 나는 기꺼이 배우고 싶다. 모든 정보와 감정이 실려 있는 후각적인 세계가 개에게 어떻게 전달되는지에 관해서는 더더욱 기꺼이 나는 배우고 싶다.

문학적인 경험은 특권이나 개별성을 훼손시키지 않고도 상처를 치유한다. 상처를 치유하는 방대한 감정들이 있다. 하지만 그런 감정들은 특권을 파괴한다. 그런 감정들 속에서 우리의 분리된 자아들은 고여 있게 되고, 우리는 개별성 아래로 가라앉게 된다. 하지만 위대한 문학을 읽을 때, 나는 수천의 자아를 가지면서도 여전히 나 자신으로 남아 있다. 그리스 시에서 나오는 밤하늘처럼 나는 무수한 눈으로 바라보지만, 바라보는 자는 여전히 바로 나 자신이다. 참배 속에서, 사랑 속에서, 윤리적인 행위 속에서, 앎 속에서처럼 바로 여기서 나는 나 자신을 초월한다. 그리고 나는 이때처럼 더 이상 나 자신이 된 적이 없다.

오이디푸스에 관한 노트

부모와 자식 사이의 결혼이 법적인 그런 사회가 있었다는 것을 근거로 내세워 어떤 사람은 오이디푸스 이야기가 비전형적인 것이 아니라고 부정할 수 있다.[15] 땅의 여신에게 여신의 아들이기도 한 젊은 배우자가 주어진, 그다지 희귀하지 않았던 신화를 예로 들어 이런 이론을 뒷받침할 수도 있다. 하지만 이 모든 이론은 우리가 본 오이디푸스 이야기와는 상당히 무관하다. 왜냐하면 오이디푸스 이야기는 단지 어머니와 결혼했던 남자에 관한 것이 아니라 자신이 의지하지도 않았고 자신이 알지도 못하는 사이에, 그런 결혼이 혐오감을 자아내는 사회에서 자기 어머니와 결혼하지 않을 수 없는 잔인한 운명에 처한 남자에 관한 이야기이기 때문이다. 설령 그런 결혼을 허용하는 사회가 있다손 치더라도, 그 사회에서 오이디푸스와 같은 이야기는 결코 들을 수 없었을 것이다. 왜냐하면 그런 이야기는 전혀 일리가 없었을 것이기 때문이다. 만일 어머니와 결혼하는 일이 옆집 처녀와 결혼하는 일이나 마찬가지로 정상적이라면, 그런 결혼은 옆집 처녀와 결혼하는 것 이상으로 센세이셔널한 것도 아니고 이야기로

---

15) Apollodorous, 《Bibliotheca》, ed. J. G. Frazer(Loeb, 1922), vol. II, pp.373 sq 참조.

꾸밀 만한 가치가 있는 것도 아니기 때문이다. 우리는 오이디푸스 이야기가 원시 시대의 희미한 기억으로부터 '파생'된 것이라거나, 혹은 부모와 자식의 결혼에 전혀 반대가 없었던 이상한 문화에서나 볼 수 있는 모호한 루머라고 혹자는 말할 수도 있다. 하지만 그런 기억은 너무나 '희미'했었을 터여서——솔직하게 말해 희미한 정도가 아니라 틀린 기억——그처럼 오래된 관습은 관습으로 인정되지 않고, 그런 결혼에 관한 기억된 사례는 터무니없는 사고와 잘못 착각된 것이다. 그리고 이와 유사하게 그 이상한 문화는 너무나 이상한 것임이 분명해서, 그런 이야기에 관한 보고는 이야기꾼에 의해 잘못 이해된 것임에 틀림없다. 그렇지 않을 경우 그 이야기는 우리가 이미 알고 있듯이 망쳐졌을 것이다. 손님에게 자기 자식의 살점을 먹이는 것이 일종의 손님 대접으로 간주되었던 사회에 관한 이야기로 들렸더라면 티에스테스의 이야기는 망쳐졌을 것처럼 말이다. 그런 관습의 부재와, 심지어 상상을 초월하는 측면으로 인해 이 스토리는 무조건적으로 받아들여야만 되는 것이다.

역자 후기

'Festina lente. 신속하게, 그러나 서두르지는 말고 신중하게.' 이것은 극히 모순되는 것 같으면서도 인생을 살아가는 귀중한 명제의 하나이다. 이것은 단지 살아가기 위한 지혜일 뿐 아니라 우리의 정신 생활을 풍요롭게 하는 문학과 예술에 대한 진정한 이해와 비평의 안목에도 필요한 문구이다.

동서고금을 통하여 수많은 명작과 통속 소설, 인기 문학 작품들이 쏟아져 나왔고, 이를 비평한 헤아릴 수 없는 양의 이론서들이 앞다투고 있는 현실에서 문학 작품을 어떻게 읽고, 어떻게 새겨 놓는가는 창작만큼이나 중요하고 절실한 문제이다. 마침 루이스 교수는 이러한 크고 중요한 문제를 작은 책자에 심오하게 다루고 있어 인문학을 연구하는 우리에게 귀중한 불씨를 제공하고 있다.

그는 이 책에서 "우리는 프랑스어를 배우지 않고도 프랑스 시인들의 시를 읽을 수 있어야 한다"고 말하며, 음악과 문학의 정서를 이해하도록 촉구하고 있다. 실제로 나는 영국 케임브리지대학교에 있을 당시 러시아에서 만든 셰익스피어의 《햄릿》을 영화로 본 적이 있다. 이 러시아판 《햄릿》은 현지 로케(덴마크)와 배우들의 실감나는 장면에서뿐 아니라, 오히려 그 대사의 시적 아름다움에 관객을 완전히 압도하였다. 물론 내가 아는 몇 개의 외국어에 러시아어는 예외였다. 그러나 보리스 파스테르나크 번역의 이 러시아판 《햄릿》은 그 대사가 매우 시적이며 비감하게 느껴졌다. 루이스 교수는 바로 이러한 점을 강조하면서 문학 작품을 이해하는 근본을 다루고 "모든 예술은 예술 그 자체이며, 그 밖의 다른 예술이 아니다"라고 주장한다.

일반적으로 명작에서 즐겨 다루는 신화와 환상, 사실주의적인 문제에 접근하면서 이 연구서는 진정한 문학의 존재 이유와 그 가치를 설파하고 있다. 그는 문학 접근의 다양한 방법을 통하여 우리가 어떠한 작품에 대하여 오독하거나 치우치지 않도록 주의할 것을 환기시키고 있다.

그의 말대로 문학적인 경험에는 특권이나 개성을 훼손시키지 않고도 상처를 치유하는 방대한 감정과 힘이 있다. 우리가 문학 작품을 자유롭고 올바르게 보려고 할 때 우리는 자신을 초월할 수 있으며, 진정한 상상력 속에서 인간다운 즐거움을 맛보게 되리라 확신한다.

호메로스의 《일리아드》로부터 엘리엇과 웰스에 이르기까지, 다양한 형태의 문학비평에 대한 접근을 시도한 이 책을 통하여 "우리가 무엇이고, 문학이 무엇인가?"를 새로이 발견할 수 있었다면 이 책이 세상에 출간된 보람이 있으리라 본다.

위대한 예술은 자신의 일방적인 생명만을 보여 주는 것이 아니다. 그것들은 보는 이들을 위해 존재하며, 또 그들을 기다리고 있는 것이다. 이 비평의 실험은 문학을 뛰어넘어 인류의 정신 세계를 아름답게 하는 예술을 보는 안목도 넓혀 주고, 비평의 방향에 길잡이 노릇을 하고 있다.

자그마하나 꽤 까다롭고 깊이 있는 이 책의 번역본이 나오기까지 원출판사와 계약은 물론 2년여를 지켜봐 주시고 채찍질해 주신 동문선 신성대 사장님과, 이 책이 번역될 수 있도록 길을 틔워 주고 여러모로 도와 주신 임옥희 박사에게 특히 감사를 드린다.

영어 원본의 텍스트이지만 프랑스어 · 라틴어 · 독일어와 특수 용어들이 많이 나와 주변의 교수들과 외국인 학자들에게 자문을 받았음도 밝혀둔다. 아무쪼록 이러한 작업이 더 큰 열매를 맺기 위한 씨뿌리기로 알고 열심히 물을 주고 잡초를 뽑으리라.

2002년 11월   허 종

색 인

허종(許鐘, 문학박사)
경희대학교 및 대학원 영문과 졸업
미국 East-West Center 초청연구원/하와이대학 연구(DPL)
미국 위스콘신 주립대 대학원 영문과(석사/박사과정 수료)
충남대 대학원(박사과정)
영국 케임브리지대학교 객원교수
경희대학교 외국어대 영문학과 교수(현)
경희대학교 도서관장, 외국어대학장
고전 · 르네상스 영문학회장 역임
한국번역사협회 부회장(현)
저서: 《아서 밀러의 사회극》《그리스 · 로마극의 세계 1》(공저)
《성채》《수퍼러닝》(번역)《Cultural Treasures of Korea》(영역) 외 다수

현대신서
103

문학비평에서의 실험

초판발행 : 2002년 11월 20일

지은이 : C. S. 루이스
옮긴이 : 허   종
총편집 : 韓仁淑
펴낸곳 : 東文選
제10-64호, 78. 12. 16 등록
110-300 서울 종로구 관훈동 74
전화 : 737-2795

편집설계 : 李姃炅 李惠允

ISBN 89-8038-230-8 94800
ISBN 89-8038-050-X (현대신서)

東文選 文藝新書 162

글쓰기와 차이

자크 데리다

남수인 옮김

  해체론은 데리다식의 '읽기'와 '글쓰기' 형식이다. 데리다는 '해체들'이라고 복수형으로 쓰기를 더 좋아하면서 해체가 '기획' '방법론' '시스템'으로, 특히 '철학적 체계'로 이해되는 것을 거부한다. 왜 해체인가? 비평의 관념에는 미리 전제되고 설정된 미학적 혹은 문학적 가치 평가에 의거한 비판이라는 부정적인 이미지, 부정성이 필연적으로 내포되어 있는 바, 이러한 부정적인 기반을 넘어서는 讀法을 도입하기 위해서이다. 이 독법, 그것이 해체이다. 해체는 파괴가 아니다. 비하시키고 부정하고 넘어서는 것, '비평의 비평'을 하는 것이 아니다. 해체는 "다른 시발점, 요컨대 판단의 계보·의지·의식 또는 활동, 이원적 구조 등에서 출발하여 다른 가능성을 생각해 보는 것," 사유의 공간에 변형을 줌으로써 긍정이 드러나게 하는 읽기라고 데리다는 설명한다.

  《글쓰기와 차이》는 이러한 해체적 읽기의 전형을 보여 준다. 이 책은 1959-1966년 사이에 다양한 분야, 요컨대 문학 비평·철학·정신분석·인류학·문학을 대상으로 씌어진 에세이들을 수록하고 있다. 이 책은 루세의 구조주의에 대한 '비평'에서 시작하여, 루세가 탁월하지만 전제된 '도식'에 의한 읽기에 의해 자기 모순이 포함될 수밖에 없음을 지적함으로써 자신의 읽기가 체계적 읽기, 전제에 의거한 읽기, 전형(문법)을 찾는 구조주의적 읽기와 다름을 시사한다. 그것은 "텍스트의 표식, 흔적 또는 미결정 특성과, 텍스트의 여백·한계 또는 체제, 그리고 텍스트의 자체 한계선 결정이나 자체 경계선 결정과의 연관에서 텍스트를 텍스트로 읽는" 독법이 될 것이다. 이러한 독법을 통해 후설의 현상학을 바탕으로, 데리다는 어떻게 로고스 중심주의가 텍스트의 방향을 유도하고 결정하고 있는지 보여 주는 한편, 사유의 새로운 지평을 열어 보고자, 중요하지 않은 것으로 간주되어 경시되거나 방치된 문제들을 발견하고 있다.

東文選 現代新書 72

문학논술

장 파프 / 다니엘 로쉬

권종분 옮김

의사 소통을 하기 위해 우리 인간은 자신의 신체, 목소리, 손을 이용해 의사 표현을 한다. 그리고 글을 쓸 때, 특별히 한 손을 사용한다. 글을 쓴다는 것은 단순히 손동작만으로 충분하지 않다는 것쯤은 누구나 잘 알 것이다. 간단히 말하자면, 글로 표현한다는 것은 자신의 생각을 다듬어서 논리적으로 기술한다는 것일 수 있다. 특히 수능 시험과 같이 논술을 요구하는 상황에서 더욱 그러하다. 그러나 아직까지는 논술이란 용어가 우리에겐 국민 윤리만큼이나 이론적이다. 그런 의미에서 이 책은 한편으론 논술에 필요한 구체적이고 상세한 상황들을 제시하며, 다른 한편으론 각 장르별 문학 작품을 통한 논술의 실행으로 우리의 이해를 돕고 있다.

이 책은 문학논술의 기술적인 측면에 접근하기 위한 방법론적 지침서를 제안한다. 각각의 단계들은——주제 분석, 문제점에 대한 정의, 개요 구성과 작문——전개된 예문들로 설명된 명확한 도움말의 대상이 된다. 일반적 주제, 또는 특별한 작품에 해당하는 8개의 주제가 해석·논의된다. 복잡하고 자주 두려움을 주는 연습 규칙들을 설명하면서, 이 책은 학생들에게 그것들을 자유자재로 다룰 수 있는 가능성을 주고자 하는 것이다.

東文選 文藝新書 138

글쓰기의 문제해결전략

린다 플라워 / 원진숙 · 황정현 옮김

어떻게 해야 좋은 글을 쓸 수 있을까?

인지주의식 글쓰기란 무엇인가?

이 책은 글쓰기를 목표 지향적인 문제해결 과정이라고 본다. 이 책의 저자인 린다 플라워는 기존의 결과 중심의 수사학에서 과정 중심의 접근방법으로 선환해서, 좋은 글은 어떠해야 하는가에 대한 지침이 아니라 글쓰기는 과연 어떤 과정을 거쳐서 이루어지는가에 대해 놀라우리만큼 구체적이면서도 기술적으로 보여 주고 있다. 또한 글을 계획하는 법, 아이디어를 생성하고 조직하는 법, 독자를 위해서 글을 계획하고 고쳐 쓰는 법 등에 대한 일련의 글쓰기 원리와 실제적인 쓰기 전략들을 제공해 주고 있다. 이러한 원리와 전략들은, 글쓰기를 막연하게 개개인의 타고난 재능이나 영감의 문제로만 생각하고 있는 사람들에게 현실적이면서도 실제적인 도움을 줄 수 있을 것이다. 또한 이 책은 '과정'을 중심으로 교육해야 한다는 의식은 있지만, 정작 어떻게 해야 '과정' 중심의 진정한 작문 교육을 실천할 수 있을지에 대해서는 여전히 손을 놓고 있는 상황에 처한 우리 쓰기 교육 현장에 많은 시사점을 던져 줄 것이라고 본다.

이 책이 지닌 또 다른 미덕은, 최근 작문연구 분야에서 크게 각광받고 있는 사회인지주의 작문이론의 성과를 피상적인 논의 수준에서가 아니라, 대학이라는 '학문적 담화 공동체'에 진입하려는 대학 신입생들의 글쓰기 문제와 관련지어 매우 적절하게 녹여내고 있다는 점이다. 이제까지 글쓰기 작업을 극히 사적이면서도 개인적인 행위로 보아 오던 것에 비해서, 글쓰기를 인지적 과정임과 동시에 다른 사람들과의 관계를 형성하는 사회적 행위로 보고, 이 두 가지 측면이 서로 어떻게 작용하는가를 밀도 있게 보여 주고 있는 본서는 작문이론 분야에서 그 연구사적 의의 또한 매우 크다고 하겠다.

東文選 文藝新書 121

문학비평방법론

다니엘 베르제 外
민혜숙 옮김

문학을 공부하는 학도들과 문학 예비교실의 학생들을 위하여
기획된 이 책은, 텍스트 분석에 있어서 비평방법이라는 복잡하
고도 중요한 물음에 대하여 명확히 밝히고 있다.

인문과학과 언어학의 기여로 인하여 비평 연구방법은 20세기
에 유례 없는 발전을 하였다. 사회비평·심리비평·생성비평·
주제비평·텍스트비평은 자료비평에 대한 오래 된 전통을 풍성
하게 해주면서 주석자들에게 명확한 접근방법을 제공하였다.

이 책의 각장은 의뢰된 전문가들이 썼으며, 새로운 동향들에
대한 명료하고도 확실한 자료를 통해 설명을 하고 있다. 즉 각
비평의 흐름에 대한 기원, 형성, 전제 사항, 특별한 적용의 장,
경우에 따라 일어날 수 있는 제한점들을 상술하였다.

따라서 독자는 문학 텍스트에 대한 실제적인 접근을 하는 데
이 책의 도움을 받을 수 있을 것이다. 담화와 문학을 분리할 수
없는 이러한 시대에, 이 저작은 귀중한 보조자가 될 것이다. 비
평방법들이 우리의 모든 지식을 이용하고 재분배하는 것을 보
여 줌으로써, 이 책은 문학 텍스트의 실제적인 분석의 방법과
풍성한 이해의 길을 열어 준다.

東文選 文藝新書 127

역사주의

P. 해밀턴 [著]

임옥희 [譯]

역사주의란 고대 그리스로부터 현대에 이르기까지 어떤 형태로든 존재해 왔던 비판운동이다. 하지만 역사주의가 정확히 의미하는 것은 무엇인가? 이 명료한 저서에서 폴 해밀턴은 역사·용어·역사주의의 용도를 학습하는 데 본질적인 열쇠를 제공한다.

해밀턴은 과거와 현재에 있어서 역사주의에 주요한 사상가를 논의한다. 그는 독자들에게 역사주의와 관련된 단어를 직설적이고도 분명하게 제공한다. 역사주의와 신역사주의의 차이가 설명되고 있으며, 페미니즘과 탈식민주의와 같은 당대 논쟁과 그것을 연결시키고 있다.

《역사주의》는 문학 이론이라는 때로는 당혹스러운 분야에 익숙하지 않은 학생들이 반드시 읽어야 한다. 이 책은 이상적인 입문지침서이며, 더 많은 학문을 위한 귀중한 기초이다.

《역사주의》는 독자들에게 필요한 지식과 배경과 이 분야의 연구에 적용할 수 있는 어휘를 제공함으로써 이 분야에 반드시 필요한 입문서이다. 폴 해밀턴은 촘촘하고 포괄적으로 다음을 안내하고 있다.

· 역사주의의 이론과 토대를 설명한다.
· 용어와 그것의 용도의 내력을 제시한다.
· 독자들에게 고대 그리스로부터 현대에 이르기까지 이 분야에서 핵심적인 사상가들을 소개한다.
· 당대 논쟁 가운데서 역사주의를 고려하면서도 페미니즘과 탈식민주의 같은 다른 비판 양식과 이 분야의 관련성을 다루고 있다.
· 더 읽을거리를 제공하는 참고문헌을 포함하고 있다.

東文選 文藝新書 211

토탈 스크린

장 보드리야르
배영달 옮김

우리 사회의 현상들을 날카로운 혜안으로 분석하는 보드리야르의 《토탈 스크린》은 최근 자신의 고유한 분석 대상이 된 가상(현실)·정보·테크놀러지·텔레비전에서 정치적 문제·폭력·테러리즘·인간 복제에 이르기까지 현대성의 다양한 특성들을 보여 준다. 특히 이 책에서 보드리야르는 오늘날 우리를 매혹하는 형태들인 폭력·테러리즘·정보 바이러스와 관련하여 기호와 이미지의 불가피한 흐름, 과도한 커뮤니케이션, 프로그래밍화된 정보를 분석한다. 왜냐하면 현대의 미디어·커뮤니케이션·정보는 이미지의 독성에 의해 증식되며, 바이러스성의 힘을 지니기 때문이다.

보드리야르는 현대성은 이미지의 독성과 더불어 폭력을 산출해 낸다고 말한다. 이러한 폭력은 정열과 본능에서보다는 스크린에서 생겨난다는 의미에서 가장된 폭력이다. 그리고 그것은 스크린과 미디어 속에 잠재해 있다. 사실 우리는 미디어의 폭력, 가상의 폭력에 저항할 수가 없다. 스크린·미디어·가상(현실)은 폭력의 형태로 도처에서 우리를 위협한다. 그러나 우리는 스크린 속으로, 가상의 이미지 속으로 들어간다. 우리는 기계의 가상 현실에 갇힌 인간이 된다. 이제 우리를 생각하는 것은 가상의 기계이다. 따라서 그는 "정보의 출현과 더불어 역사의 전개가 끝났고, 인공지능의 출현과 동시에 사유가 끝났다"고 말한다. 아마 그의 이러한 사유는 사유의 바른길과 옆길을 통해 새로운 사유의 길을 늘 모색하는 데서 비롯된 것일 터이다. 현대성에 대한 탁월한 통찰력을 보여 주는 보드리야르의 이 책은 우리에게 우리 사회의 현상들을 비판적으로 읽게 해줄 것이다.